La Vie des femmes mariées

PIERRE ARÉTIN

La Vie des femmes mariées

Traduit de l'italien par
ALCIDE BONNEAU

IDEM • VELLE

AC • IDEM • NOLLE

ÉDITIONS ALLIA
16, RUE CHARLEMAGNE, PARIS IVe
1996

TITRE ORIGINAL :

*Ragionamento
della Nanna e della Antonia
fatto in Roma sotto una ficaia
composto dal divino Aretino
per suo capriccio
a correzione dei tre statti delle donne*

PIERRE ARÉTIN

DEUXIÈME JOURNÉE

*Dans laquelle la Nanna raconte à l'Antonia
la vie des femmes mariées.*

La Nanna et l'Antonia se levèrent juste au moment où Tithon, vieux cornard tombé en enfance, voulait cacher la chemise de sa dame, de peur que le jour, ce ruffian, ne la livrât au soleil, son amoureux; l'aurore s'en aperçut et, arrachant sa chemise des mains du vieux fou, qu'elle laissa brailler, accourut, plus fardée que jamais, bien résolue de se faire faire l'amour douze fois, à sa barbe, et d'appeler en témoignage messire Cadran, notaire public.

Sitôt habillées, Antonia se mit vite à finir, avant que l'Angélus n'eût sonné, toutes ces petites besognes qui donnaient à la Nanna

plus de soucis que n'en donne à saint Pierre sa
fabrique; puis, l'estomac bien garni, comme
fait un particulier logé à discrétion, elles re-
tournèrent à la vigne et s'assirent au même
endroit que la veille, sous le même figuier.
C'était le moment de tempérer la chaleur du
jour avec le moulinet de la parole; Antonia,
les mains sur les genoux, le visage tourné du
côté de la Nanna, lui dit:

ANTONIA. – Vraiment, je suis maintenant
bien éclairée sur le compte des nonnes, et,
après mon premier somme, je n'ai jamais pu
fermer l'œil, rien que de penser à la folie des
mères et à la simplicité des pères qui croient
que leurs filles, une fois religieuses, n'auront
plus de dents pour mordre, comme celles
qu'ils marient. Chienne de vie, que la leur! ils
devraient savoir qu'elles sont de chair et d'os,
elles aussi, et qu'il n'y a rien qui aiguillonne
plus le désir que la privation : je sais bien,
quant à moi, n'avoir jamais plus soif que
quand je n'ai pas de vin à la maison; d'ailleurs
les proverbes ne sont pas choses dont on doive
faire fi, et il faut bien croire à celui qui dit que
les sœurs sont les femmes des frères et du pu-

blic. Je ne songeais pas à ce proverbe, hier, sans quoi je ne t'aurais pas laissé prendre la peine que tu t'es donnée à me conter leurs déportements.

NANNA. – Tout est donc pour le mieux.

ANTONIA. – Dès mon réveil, en attendant qu'il fît jour, je me trémoussais comme un de ces joueurs que tu sais, quand une carte, un dé vient à tomber ou la chandelle à s'éteindre, et qui se mange les sangs jusqu'à ce qu'on ait retrouvé l'un ou rallumé l'autre. Je suis bien contente d'être venue à ta vigne, dont l'entrée m'est toujours ouverte, je t'en remercie, et bien plus encore de t'avoir demandé sans façon qu'est-ce que tu avais ; c'est ce qui t'a fait me répondre ce que tu m'as répondu, et maintenant j'en suis bien aise.

Après que ces maudits coups d'étrivières t'eurent dégoûtée des amours et du couvent, quel parti prit à ton égard ta mère ?

NANNA. – Elle dit partout qu'elle voulait me marier, trouvant tantôt une fable, tantôt une

autre pour expliquer pourquoi je m'étais dé-
froquée ; elle donnait à entendre aux gens que
les esprits hantaient par centaines le monastère, qu'il y en avait plus que de massepains à
Sienne. La chose parvint aux oreilles de certain particulier, qui vivait parce qu'il mangeait,
et il délibéra de m'avoir pour femme, ou de
mourir. Il était à son aise ; ma mère, qui
comme je te l'ai dit, portait les culottes de
mon père (Dieu l'a rappelé à lui), conclut le
mariage. Pour t'en résumer mille en un mot,
arriva la nuit où je devais lui tenir compagnie,
charnellement ; le dort-au-feu attendait cette
nuit-là comme le laboureur attend la récolte,
et elle fut bien bonne, la ruse de ma bonne
mère ! Sachant que mon pucelage était resté
en route, elle coupa le cou à l'un des chapons
de la noce, remplit de sang une coquille d'œuf,
et tout en m'enseignant comment je devais
m'y prendre pour faire ma prude, en me mettant au lit m'en barbouilla la fente par laquelle
sortit plus tard ma Pippa. Je me couche : il se
couche ; et s'allongeant pour m'embrasser, il
me trouve toute en un paquet ramassée dans
la ruelle ; il veut me mettre la main sur l'*et cæ-
tera*, je me laisse tomber par terre ; le voilà qui

se jette à bas du lit pour me relever. «Je ne
veux pas faire de vilaines choses; laissez-moi
tranquille», lui dis-je, non sans des larmes
dans la voix. Puis, comme je haussais le ton,
j'entends ma mère qui entre dans la chambre,
une lumière à la main. Elle me fit tant de ca-
resses, que je finis par m'accorder avec le bon
berger, qui, rien que pour m'écarter les cuisses, sua plus qu'un batteur en grange; puis il
se mit à déchirer ma chemise et me dit mille
injures; à la fin, plus exorcisée qu'on n'exor-
cise un démoniaque attaché au pilier, tout en
grommelant, pleurant et maudissant, j'ouvris
la boîte à violon; il se jeta dessus, tout frisson-
nant du désir qu'il avait de moi, et voulut aussitôt me mettre la sonde dans la plaie: je lui
donnai si à propos une bonne secousse, que
je le désarçonnai; patiemment, il se remit en
selle sur moi et essayant de nouveau avec la
sonde, la poussa si bien qu'elle entra. Moi, je
ne pus me retenir, en goûtant le pain beurré,
de m'abandonner comme une truie qu'on
gratte, et je ne poussai pas un cri avant que la
bête ne fût sortie de mon logis. Mais alors, oh!
oui, je criai, que les voisins accoururent se
mettre aux fenêtres. Ma mère, rentrée dans la

chambre, à la vue du sang de poulet qui avait taché les draps et la chemise de mon mari, fit tant, qu'elle obtint que pour cette nuit j'irais coucher avec elle. Le matin, tout le voisinage, réuni en conclave, célébra ma vertu ; on ne parlait pas d'autre chose dans le quartier. Les épousailles terminées, je commençai de fréquenter les églises, d'aller aux fêtes, comme font les autres, et, liant connaissance avec celle-ci, avec celle-là, je devins la confidente de plus d'une.

ANTONIA. – Je suis confondue de t'entendre !

NANNA. – Je devins amie, amie, avec une bourgeoise riche, belle, femme d'un gros marchand, qui était jeune, joli garçon, bon vivant et si amoureux d'elle, qu'il rêvait la nuit ce qu'elle désirerait le lendemain matin. Un jour que je me trouvais avec elle dans sa chambre, je jetai par hasard les yeux sur un petit cabinet, et je vis je ne sais quoi passer, rapide comme un éclair, devant le trou de la serrure.

ANTONIA. – Qu'était-ce ?

NANNA. – Je regarde bien attentivement au trou et je distingue un je ne sais qui.

ANTONIA. – Bon !

NANNA. – L'amie s'aperçoit de mon coup d'œil, et je m'aperçois qu'elle s'est aperçue de ce que j'observais ; je la regarde, elle me regarde, et je lui dis : « Quand reviendra votre mari, qui est parti hier pour la campagne ? – Il reviendra quand Dieu voudra », répondit-elle ; « si c'était quand je voudrai, ça ne serait jamais. – Et pourquoi ? » lui demandai-je. « Pour le mal an et les males Pâques que Dieu donne à qui en a soufflé mot. Il n'est pas ce que tout le monde pense ; non, par cette croix ! » et elle en fit avec le doigt une, qu'elle baisa. « Comment non ? » lui dis-je ; « tout le monde vous l'envie. D'où vient votre mécontentement ? Dites-le moi, si c'est possible. – Veux-tu que je le dise en lettres d'apothicaire ? C'est un bel homme pour la montre ; mais il n'est bon qu'à me nourrir de vent ; il me faut autre chose ; comme dit l'Evangile en langue vulgaire : l'homme ne vit pas seulement de pain. » Moi voyant qu'elle avait de la raison à

en revendre : «Vous êtes avisée», lui dis-je ;
«vous savez qu'il y a plus d'un jour dans la
vie. – Pour que tu sois encore plus certaine
de ma sagesse», me dit-elle, «je veux te faire
voir mon esprit.» Elle ouvrit la porte du cabinet, et me fit toucher de la main un quidam
qu'au premier contact je jugeai être de ceux
qui ont un nerf plus gros que de pain à manger. Et sur-le-champ, devant mes yeux, elle
s'allongea sur lui et, plantant la maison sur la
cheminée, lui fit forger deux clous d'une
chaude, enfourner deux pains d'une haleine,
tout en s'écriant : «J'aime mieux qu'on me
sache putain et heureuse, que femme honnête
et désespérée.»

ANTONIA. – Paroles à écrire en lettres d'or !

NANNA. – Elle appela sa servante, dépositaire
de ses félicités, et fit sortir le quidam par où il
était venu, non sans le parer d'une chaîne
qu'elle avait au cou. Je la baisai au front, sur
la bouche, sur les deux joues, et courus vite à
la maison pour savoir, avant que mon mari ne
rentrât, si le valet avait une chemise propre. La
porte était ouverte ; j'envoie ma chambrière

voir en haut si j'y suis, et je me dirige vers le
taudis où il logeait, en bas. Je marche doucement, doucement, faisant semblant d'aller lâ-
cher de l'eau à la chaise percée, qui se
trouvait par là, et j'entends parler tout bas,
tout bas ; je prête l'oreille, et je m'aperçois
que ma mère avait pensé avant moi à ses petites besognes. Je lui donne ma bénédiction,
comme elle m'avait donné sa malédiction,
quand je feignais de ne pas me laisser faire
par mon mari, et je m'en retourne. L'escalier
monté, comme je me rongeais de ce que
j'avais vu, voici de retour mon propre-à-rien :
je passai avec lui mon caprice, pas tout à fait
comme je voulais, mais du mieux que je pus.

ANTONIA. – Pourquoi pas comme tu voulais ?

NANNA. – Parce que n'importe quoi vaut
mieux qu'un mari. Vois, par exemple, quand
on dîne hors de chez soi.

ANTONIA. – Le fait est que le changement de
viande augmente l'appétit. Je le crois, et l'on
dit aussi : Pour un mari, n'importe quoi vaut
mieux que sa femme.

NANNA. – Il m'arriva d'aller à ma campagne, où demeurait une noble et grande dame, je te dis grande, suffit, qui faisait le désespoir de son mari à toujours vouloir rester au village ; quand il lui mettait devant les yeux les magnificences de la ville, les laideurs du domaine, elle répondait : « Je me soucie peu des splendeurs, je ne veux faire pécher personne par envie : je n'apprécie ni les fêtes ni la société, et je n'entends pas que l'on me fasse casser le cou. La messe le dimanche me suffit ; je sais bien l'épargne que l'on fait, en restant ici, et ce que l'on dépense dans tes villes ; vas-y si tu veux, sinon, reste. » Le gentilhomme, qui ne pouvait faire autrement que d'y retourner, quand même il n'aurait pas voulu, était bien forcé de la laisser seule, et des fois toute une grande quinzaine.

ANTONIA. – Je crois bien deviner où aboutissait son idée.

NANNA. – Son idée aboutissait à certain prêtre, chapelain du domaine ; s'il avait eu un revenu aussi gros que le goupillon avec lequel il donna l'eau bénite au jardin de la noble dame (elle se le fit inonder, comme tu le verras), il aurait été plus à son aise qu'un monseigneur. Oh! il vous en avait un manche, sous le bas-ventre! oh! oui, il en avait un gros! il en avait un monstrueux!

ANTONIA. – Que les chancres!...

NANNA. – Madame, étant au domaine, l'aper-çut un jour qui pissait sous sa fenêtre, sans se gêner; c'est elle-même qui me le dit, car elle m'avoua toute l'affaire. En lui voyant long comme le bras d'une queue blanche, à la tête de corail, fendue de main de maître, avec une belle raie courant le long du dos, une queue qui n'était ni redressée ni ballottante, mais courbée en arc, entourée d'une couronne de poils frisés, blonds comme de l'or, entre deux sonnettes bien troussées, bien roulées, allègres, plus belles que ces sonnettes d'argent dont sont ornées les jambes de l'aquilon qui est à la porte de l'ambassadeur; en voyant, te dis-je, l'escarboucle, elle mit ses mains par terre, de peur d'en faire un enfant marqué d'une telle envie!

ANTONIA. – La bonne histoire si, devenue grosse rien qu'à le voir, elle s'était touché le nez, puis avait mis au monde une fille avec la marque des grelots sur la figure !

NANNA. – Ah ! ah ! ah ! Les mains par terre, elle tomba dans une telle frénésie, de l'envie qu'elle avait de la queue du messire, qu'elle se pâma, et on dut la mettre au lit. Le mari, stupéfait d'un si singulier accident, fit aussitôt venir à franc étrier un médecin de la ville, qui lui tâta le pouls et lui demanda si elle allait du corps.

ANTONIA. – Ma foi, ils ne savent plus que dire, dès qu'ils apprennent que le malade va bien de l'alambic d'en dessous.

NANNA. – Tu as raison. Elle répondit que non. Alors le médicastre ordonna un argument pointu qui, rejeté aussitôt, fit venir les larmes aux yeux du bonhomme de mari : il entendit sa femme demander le prêtre. « Je veux me confesser », disait-elle ; « et puisqu'il plaît à Dieu que je meure, il faut bien que j'en prenne mon parti. Mais cela me fait bien de la peine

de te quitter, mon pauvre mari!» A ces paroles, le malheureux se jeta à son cou, tout en
sanglotant comme un homme roué de coups;
elle le baisait en lui disant: «Du courage!»
puis elle poussa un grand cri, comme si elle
allait rendre l'âme, et redemanda le prêtre,
qu'un valet courut aussitôt chercher. Il arriva,
tout bouleversé; juste en ce moment le médecin, qui tenait le bras de Madame dans sa
main et consultait le pouls, afin de savoir
comment il se comportait, le sentit ressusciter
à la vue du prêtre, et s'émerveilla. «Dieu vous
rende la santé!» dit celui-ci en s'avançant.
Elle, les yeux fixés sur la braguette qui dépassait le bord de la courte jupe de serge que le
prêtre portait autour des reins, tomba en pâ-
moison une seconde fois. On lui baigna les
tempes avec du vinaigre de rose, elle revint
un peu à elle; le mari, un véritable enfarine-
panais, fit sortir tout le monde de la chambre
et tira la porte derrière lui, pour que la confession ne fût ouïe de personne, et se mettant à
raisonner de l'événement avec le médecin, il
en tira une foule de balourdises. Pendant que
le châtre-pourceaux discutait avec le dégoise-
limaces, le curé s'assit à son aise au pied du

lit, fit de sa propre main le signe de la croix à la malade, pour ne pas la fatiguer, et il allait lui demander depuis combien de temps elle n'était venue à confesse, quand celle-ci, lui enfonçant les griffes dans le cordon, qui se gonfla en un éclair, se l'appliqua sur l'estomac.

ANTONIA. – Le beau jeu !

NANNA. – Et que dis-tu du curé qui, en deux tours de reins, la guérit de ses étourdissements ?

ANTONIA. – Je dis qu'il mérite les plus grands éloges pour n'avoir pas été un de ces foireux qui n'ont pas seulement la force de pisser au lit, et puis qui disent : Nous sommes tout en nage !

NANNA. – La confession achevée, le prêtre retourna s'asseoir. Il posait la main sur la tête de la malade, quand le mari vint mettre le bout du nez, un tout petit bout, dans la chambre et, voyant qu'on en était à l'absolution, s'approcha de sa femme. Il lui trouva une mine tout éclaircie et s'écria : « Vraiment, il n'y a

pas de meilleur médecin que messire le bon
Dieu! ma foi non; te voilà tout à fait revenue
et il n'y a pas une heure que je croyais te perdre.» Elle se tourna de son côté: «Je me sens
mieux», dit-elle en soupirant; puis, mâchon-
nant le *confiteor,* les mains jointes, elle fit semblant de dire sa pénitence. Quand on congédia
le prêtre, elle lui fit mettre dans la main un
ducat et deux Jules, en lui disant: «Les Jules
sont pour l'aumône de la confession; le ducat
pour que vous disiez à mon intention les messes de saint Grégoire.»

ANTONIA. – Crois-en la bonne pièce!

NANNA. – Ecoute l'histoire d'une autre, qui
mérite d'être mise au-dessus de celle du curé.
Une bourgeoise d'une quarantaine d'années,
qui possédait dans le pays un domaine d'une
grande valeur, fille d'une très honorable famille, femme d'un docteur qui faisait des mer-
veilles avec sa littérature, dont il remplissait de
gros livres, cette matrone que je te dis s'en allait toujours vêtue de brun, et si le matin elle
n'avait pas entendu cinq ou six messes, elle
n'aurait pas pu tenir en place de la journée;

c'était un *ave maria* en chapelet, une grippe-
saints, une balaye-églises ; elle jeûnait les ven-
dredis de tous les mois et non pas seulement
ceux du mois de mars, faisait les répons, à la
messe, comme le clerc, et chantait vêpres sur
le ton des moines : on disait qu'elle portait jusqu'à une ceinture de fer sur la peau.

ANTONIA. – J'en compisse sainte Verdiana.

NANNA. – Ses abstinences étaient cent fois
plus fortes, crois-moi bien. Elle ne portait jamais que des sandales et, aux vigiles de saint
François de la Vernia et de celui des Assises,
elle ne mangeait de pain que ce qui aurait pu
tenir dans son poing fermé, ne buvait que de
l'eau claire, une seule fois, et restait jusqu'à
minuit en oraison ; le peu qu'elle dormait,
c'était sur un parquet d'orties.

ANTONIA. – Sans chemise ?

NANNA. – Je ne saurais te le dire. Or, il arriva
qu'un solitaire marmotte-pénitences, qui vivait
dans un petit ermitage à un mille du bourg,
peut-être à deux, venait presque chaque jour

de nos côtés, se procurer de quoi vivre ; il ne s'en retournait jamais les mains vides, parce que le sac dont il se couvrait, sa longue face maigre, sa barbe pendant jusqu'au nombril, sa chevelure ébouriffée et je ne sais quelle pierre qu'il portait à la main, à l'imitation de saint Jérôme, excitaient la pitié de tout le monde. Son mari se trouvant alors à la ville, en train de plaider les procès de l'un ou de l'autre, notre bourgeoise jeta son dévolu sur ce vénérable ermite ; elle lui faisait d'abondantes aumônes, allait souvent à son ermitage, un pieux et joli jardin, et toujours elle en rapportait quelque salade amère : d'en goûter de la douce, elle se serait fait scrupule.

ANTONIA. – Comment était-il, cet ermitage ?

NANNA. – Il se trouvait au faîte d'une colline assez raide, et l'ermite lui avait donné le nom de calvaire. Au milieu s'élevait un grand crucifix, avec trois gros clous de bois, qui faisaient peur aux pauvres bonnes femmes. Cette croix portait à la tête la couronne d'épines ; des bras pendaient deux disciplines, faites de cordes à nœuds ; au pied était une tête de mort ; d'un

côté gisait par terre l'éponge, au bout d'un
bâton, et de l'autre un fer de lance tout rouillé,
au bout du manche d'une vieille pertuisane.
Au bas de la colline s'étendait le jardin, en-
touré d'une haie de rosiers, et dont la porte
était faite de baguettes de saule entrelacées,
avec sa chevillette de bois ; je ne sais pas si en
cherchant toute une journée, on y aurait
trouvé un caillou, tant l'ermite le tenait pro-
prement. Les carrés, séparés par de petites allées, étaient pleins de toutes sortes d'herbes
potagères, telles que laitues frisées et pom-
mées, fraîche et tendre pimprenelle ; d'autres
étaient plantés d'aulx si serrés, qu'on n'aurait
pu les arracher et les enlever avec un compas ;
d'autres, des plus beaux choux du monde. Le
serpolet, la menthe, l'anis, la marjolaine, le
persil, avaient aussi chacun leur place dans le
jardin, au milieu duquel faisait un peu d'ombre un amandier, de ces gros amandiers à
écorce lisse. Par de petits ruisseaux courait
une eau claire, jaillissant d'une source entre
des roches vives, au pied de la colline ; elle ser-
pentait dans le gazon. Tout le temps que l'ermite dérobait aux prières, il le dépensait à
cultiver son potager. Non loin s'élevaient la

chapelle, avec son clocheton et ses deux clo-
chettes, et la cabane où il reposait, appuyée
au mur de la chapelle. Dans ce petit paradis
venait la doctoresse, comme je te l'ai dit, et
pour que leurs corps ne fussent pas jaloux de
leurs âmes, un jour entre autres qu'ils s'étaient
retirés tous les deux sous la hutte, fuyant l'in-
commodité du soleil, je ne sais comment, ils
en arrivèrent à la male fin. Juste en ce moment
un paysan (la langue de ces gens-là est mor-
dante et pernicieuse), un paysan à la recherche
de son ânon, qui avait perdu sa mère, passant
par hasard près de la cabane, vit nos deux
saints accouplés, tout comme le chien s'accou-
ple avec la chienne : il courut au village et
donna l'éveil aux paroissiens en sonnant les
cloches ; au bruit, presque tous, quittant leur
ouvrage, se rassemblèrent à l'église, tant hommes que femmes, et trouvèrent le paysan en
train de conter au curé quelles sortes de mira-
cles faisait l'ermite. Le curé endossa son sur-
plis, se mit l'étole au cou et, le bréviaire en
main, le clerc devant, portant la croix, se mit
en route avec plus de cinquante personnes
derrière lui. Le temps d'un *credo*, ils furent à
la cabane et y trouvèrent la servante et le ser-

viteur des serviteurs du ciel dormant comme
des laboureurs. L'ermite, tout en ronflant,
maintenait son pilon dans le bas des reins de
la dévote au rosaire, ce qui, au premier aspect,
rendit muette toute la foule, comme reste bouche bée une bonne femme en voyant un étalon
grimper sur une jument ; puis, de voir leurs
moitiés détourner la tête, les hommes pous-
sèrent un éclat de rire qui aurait réveillé des
loirs : le couple ouvrit les yeux. Là-dessus le
curé, les apercevant si bien conjoints, se mit à
entonner, de sa plus belle voix de chœur : *et
incarnatus est !*

ANTONIA. – Moi qui croyais qu'il était impossible de surpasser le putanisme des religieuses !
J'étais dans l'erreur. Mais dis-moi, l'ermite et
sa dévote ne furent-ils pas assommés ?

NANNA. – Assommés ? Ah ! la lime une fois
arrachée de l'entaille, l'ermite se redressa,
tout debout, et, après s'être administré deux
cinglons avec ces sarments de vigne vierge en-
tortillés qu'il portait à la ceinture, il dit : « Si-
gnors, lisez la vie des Saints Pères, puis
condamnez-moi au feu, à tout ce qu'il vous

plaira. C'est le diable qui à ma place, sous ma propre figure, a commis le péché et non mon corps : ce serait une infamie que de lui faire du mal. » Et maintenant, veux-tu que je te dise ? Le ribaud, qui avait d'abord été soldat, puis assassin, puis ruffian et de désespoir s'était fait ermite, prêcha si bien, qu'excepté moi, qui savais où le diable a la queue, et le curé, mis au fait par la confession de la bonne dame, tout le monde le crut, parce qu'il jurait par la vigne vierge de sa ceinture, que les esprits tentateurs des ermites s'appellent succumbes et incumbes. La demi-sœur, qui pendant tout le bavardage du solitaire avait eu le temps de penser à la malice, commença aussitôt à se tordre, à se gonfler la gorge en retenant son souffle, à rouler des yeux hagards, à hurler, à se débattre, de telle sorte qu'elle faisait peur à voir. « Voici le malin esprit dans le corps de la pauvrette », s'écria l'ermite ; le syndic du village s'approchant pour l'emmener, elle se mit à mordre et à pousser des cris horribles. Enfin, solidement attachée par une dizaine de paysans et conduite à l'église, on la toucha de deux petits os, qui passaient pour être les os des Saints Innocents, renfermés dans un grossier tabernacle de cuivre décoré, comme des reliques, et à la troisième fois qu'on l'en toucha, elle revint à elle. La nouvelle arriva aux oreilles du docteur, qui remmena la bonne sainte à la ville et en fit faire un sermon.

ANTONIA. – Jamais on n'ouït plus vilaine chose.

NANNA. – Crois-tu donc qu'il n'y en a pas bien d'autres ?

ANTONIA. – Vraiment, hein ?

NANNA. – Oui, ma chère ! J'avais à la ville une voisine, on aurait dit une chouette dans la volière, tant elle avait d'amoureux musant autour d'elle. Toute la nuit on n'entendait que des sérénades, et tout le jour c'étaient des chevaux qui piaffaient, des jeunes gens qui se promenaient. Quand elle allait à la messe, elle ne pouvait passer par la rue, tant il y avait de gens à la suivre ; et l'un disait : « Bienheureux qui possède un tel ange ! » un second : « O Dieu, qu'est-ce qui me retient de donner un baiser à ce beau corsage, et puis de mourir!» Un autre recueillait la poussière que soulevaient ses pieds et la répandait sur son bonnet, comme on répand de la poudre de Chypre; aucuns la contemplaient en soupirant, sans mot dire. Or, ce beau lac si vanté, où tout le monde jetait son filet, sans jamais rien prendre, s'éprit sans mesure d'un de ces pédagogues enfumés qui vont enseigner dans les maisons : le plus sale, le plus laid, le plus crasseux qu'on ait jamais vu. Il portait sur le dos un manteau violet, si pelé au col qu'un pou n'aurait pu y grimper, et plein de taches d'huile comme en ont les marmitons des couvents; en dessous, une souquenille de camelot, si usée qu'elle semblait de toute espèce d'étoffe, sauf du camelot, et qu'on ne pouvait imaginer de quelle couleur elle avait pu être; il avait pour ceinture deux bandes de soie noire nouées ensemble, et comme sa souquenille n'avait pas de manches, il se servait de celles du pourpoint, en satin de Bruges, tout troué, tout effiloché, qui depuis longtemps montrait la doublure et avait au collet une bordure de crasse si épaisse, qu'on aurait dit de la corne. Il est vrai que les chausses donnaient bon air à

la casaque ; elles avaient été couleur de roses
sèches, mais elles ne l'étaient plus du tout, et
attachées au pourpoint avec deux bouts d'ai-
guillettes, sans ferrets, elles lui habillaient les
jambes à la façon des caleçons des galériens ;
il faisait beau voir un de ses talons quitter
continuellement le soulier, malgré tous les ef-
forts d'un de ses doigts, pour l'y remettre à
chaque pas ; ses mules, il les avait fabriquées
lui-même avec une paire de vieilles bottes de
son arrière-grand-père ; les souliers étaient
minces et montraient une grande envie de laisser voir les orteils : ils se seraient passé ce caprice si le veau des pantoufles n'eût résisté. Il
portait un bonnet à un seul pli, rejeté en ar-
rière, avec une coiffe sans ourlet de taffetas,
déchirée en trois endroits ; toute raide de la
crasse de sa tête (il ne se lavait jamais), elle
ressemblait à la calotte d'un teigneux. Ce
qu'il avait de mieux, c'était la bonne grâce de
son visage, qu'il rasait deux fois la semaine.

ANTONIA. – Ne te fatigue pas davantage à me
le dépeindre ; je le vois d'ici, le bourreau.

NANNA. – Le bourreau, c'est bien cela. Ce-

pendant elle s'en éprit avec frénésie, cette
jolie mignonne, car, à dire vrai, nous sommes
toutes femmes à prendre ce qu'il y a de pire.
N'imaginant aucun moyen de lui parler, une
belle nuit, avec son époux, elle entama une litanie longue d'un mille. «Nous sommes ri-
ches, grâce à Dieu», lui disait-elle, «et sans
enfants, sans espérance d'en avoir. C'est ce
qui m'a fait penser à une bonne œuvre. – Et à
quoi as-tu pensé, ma chère femme?» demanda
le bonhomme de mari. «A ta sœur», répondit-
elle; «chargée comme elle est de garçons et de
fillettes, je veux que nous élevions son plus
jeune: outre que cela nous sera rendu dans le
paradis, à qui veux-tu que nous fassions du
bien, si ce n'est à notre propre chair?» Le
mari approuva et remercia sa femme en disant: «Il y a bien longtemps déjà, j'ouvrais la
bouche pour te le dire, mais j'hésitais dans la
crainte que cela ne te déplût. Maintenant que
je connais tes intentions, je vais me rendre,
sitôt levé, chez la pauvre petite, pour lui annoncer la bonne nouvelle, et j'amènerai l'enfant chez toi; tout ici est à toi, puisque c'est
ta dot. – Autant à toi qu'à moi», répliqua-t-
elle. Le jour parut; le mari se leva (c'étaient

des cornes pour lui-même qu'il allait chercher); sa sœur lui céda le petit neveu, avec
grand plaisir, et il le conduisit à sa femme,
qui lui fit excellent accueil. Deux jours après,
comme elle était à table et causait avec son
mari, le repas achevé, elle se mit à dire : « Je
voudrais bien que nous fissions enseigner
quelque chose à notre Louison » (ainsi se nom-
mait l'enfant). « Qui pourrait s'en charger ? »
demanda-t-il. « Tu sais bien », fit-elle ; « ce maître qui, à la façon dont je le vois tourner par la
ville, doit chercher quelque place. – Quel maître ? – Celui qui porte cette souquenille qui ne
lui tient pas sur les épaules. – Eh ! serait-ce
celui qui vient à la messe ?... » (il allait dire à
telle église). « Oui, oui », fit-elle ; « celui-là
même ; je ne sais plus qui prétend qu'il est sa-
vant comme une chronique. – C'est très bien »,
répliqua le mari. Il sortit pour le rencontrer et
le soir même introduisit le coq dans le poulail-
ler. Le lendemain, le maître alla chercher sa
valise, renfermant deux chemises, quatre mou-
choirs, trois livres, avec leurs couvertures de
table, et revint à la chambre que lui avait fait
préparer la patronne.

ANTONIA. – Quelle intrigue va sortir de tout cela ?

NANNA. – Tiens-toi tranquille et écoute. Dans la soirée, madame prit par la main son neveu, qui, sous prétexte d'apprendre le psautier, était destiné à servir d'entremetteur à la tante, et appela le pédagogue. Ce soir-là je soupais chez elle, et j'entendis qu'elle lui disait : « Maître, vous n'aurez ici autre chose à faire qu'à me bien endoctriner ce garçon, qui est plus que mon fils » (ce disant, elle lui appliqua deux baisers sur la bouche) ; « puis laissez-moi faire, pour ce qui regarde vos appointements. » Le maître se mit à répondre à tort et à travers, alléguant ses raisons, qu'il comptait sur le bout de ses doigts, et entra dans toutes sortes de considérations fantastiques. Madame se tourna vers moi en s'écriant : « C'est un véritable Cicherchion. » Ils continuèrent ainsi à disserter du couillu, puis tout d'un coup, changeant de conversation : « Dites-moi, maître », fit-elle, « avez-vous jamais été amoureux ? » Le paillard, qui vous avait une queue sinon plus belle, du moins meilleure que celle du paon, s'écria : « Madame, c'est l'amour qui

m'a fait étudier», et exhibant tout ce qu'il
savait d'antiquailles, il lui énuméra qui s'était
pendu par amour, qui empoisonné, qui préci-
pité du haut d'une tour ; puis il en vint aux
femmes et il lui nomma celles que l'amour
avait conduites *a porta inferi*, le tout en termes
choisis et compassés ; pendant qu'il croassait,
elle me poussait le flanc du coude, et après
m'avoir tant poussée et repoussée : « Que te
semble du messire ? » me demanda-t-elle. Moi
qui lui voyais non seulement jusqu'au fond
du cœur, mais jusqu'au fond de l'âme : « Il me
paraît très bon à cueillir le pêcher et secouer
le poirier », lui répondis-je. Elle, avec des ah !
ah ! ah ! me jeta les bras autour du cou, et,
après avoir dit : « Allez étudier, maître », m'en-
traîna dans sa chambre. On vint lui annoncer
que son mari ne reviendrait ni souper ni coucher : c'était assez sa coutume. « Ton dormeur
de mari prendra patience », me dit-elle toute
joyeuse : « je veux que tu restes avec moi cette
nuit. » Elle envoya dire un mot à ma mère et
obtint la permission. Nous fîmes à nous deux
un bon petit souper composé de toutes sortes
de friandises, foies, gésiers, cous et pattes de
poulets, avec du persil et du poivre en salade,

presque tout un chapon froid, des olives, des pommes d'api, fromages de chèvre et cotignac, pour nous bien lester l'estomac, des dragées, pour nous donner bonne haleine ; puis on fit apporter à manger au maître dans sa chambre : rien que des œufs frais et des œufs durs ; pourquoi des œufs durs, imagine-le-toi.

ANTONIA. – Je l'ai bel et bien imaginé.

NANNA. – Le souper fini, le couvert ôté, la maisonnée envoyée au lit et le neveu du mari avec : «Ma petite sœur», me dit-elle, «puisque nos maris mangeraient bien tout le long de l'année, pourvu qu'on leur servît de toutes sortes de viandes, pourquoi ne tâterions-nous pas, au moins cette nuit, de cette bonne viande du maître ? Si je m'en rapporte à son nez, il doit en avoir comme un empereur. On n'en saura jamais rien, et d'ailleurs il est si laid et si sale, que personne ne le croirait, quand bien même il s'en vanterait.» Je fais un haut-le-corps, comme si j'avais grand-peur, et je retiens ma réponse dans mon gosier. A la fin : «Ces affaires-là sont bien dangereuses,» lui

dis-je; «si ton mari revenait, où en serions-
nous? – Folle!» répliqua-t-elle; «à ce que tu
penses, tu me crois si niaise que si mon cer-
veau fêlé revenait par hasard, je ne trouverais
pas moyen de lui faire avaler tout? – Si c'est
comme cela, fais à ta guise», lui répondis-je.
Pendant ce temps, le maître, plus malin que
deux as (il s'était bien vite aperçu que l'eau
venait à la bouche de la patronne, quand elle
lui parlait d'amour), sachant que le mari couchait dehors, se tenait aux aguets et écoutait la
conversation de la bonne dame, qui, pour ne
pas avoir à se pendre ou à s'étrangler, comme
ces pauvrettes dont il lui avait donné l'histoire
en exemple, avait résolu de s'appliquer le
pédagogue sur le nombril: rien qu'à lui voir
pendre au côté une de ces gibecières de cuir
moisi, depuis longtemps hors d'usage, il vous
donnait plutôt envie de rendre jusqu'aux
boyaux. Il avait tout entendu, et, avec cette
présomption propre aux pédagogues, soule-
vant la portière, il entra sans autre invitation.
Sa patronne, qui avait écarté jusqu'aux servantes, dès qu'elle l'aperçut, s'écria: «Maître,
tenez-vous la bride sur la bouche, les mains en
repos et, pour cette nuit, servez-vous seule-

ment de votre goupillon.» Le viédaze, qui
n'avait pas le nez fait à flairer le pistil des
roses, ni des doigts à boucher les trous d'une
flûte, se souciant peu de baiser ou de peloter,
dégaina son pied de tabouret, à la tête fu-
mante et toute en feu, ourlée comme une tête
de poireau, et, le flattant un brin, s'écria : « Il
est tout au service de votre Seigneurie.» Elle le
prit doucement dans la main et se mit à dire :
«Mon petit oiseau, mon pigeon, mon pinson,
entre dans ta volière, dans ton palais, dans tes
Etats !» et se le fourrant sous la panse, appuyée
au mur, leva une jambe en l'air et voulut manger debout la saucisse : le vaurien lui donna
une fière secouée. Pendant ce temps-là, je fai-
sais la mine d'une guenon qui mâchonne le
bon morceau avant de l'avoir dans la bouche ;
si je ne m'étais un peu mortifiée avec un pilon
de fer que je trouvai sur une caisse et qui avait
servi, je m'en aperçus à son odeur, à piler de
la cannelle, pour sûr, pour sûr, je me mourais
d'envie au plaisir des autres. La tête de cheval
finit sa besogne ; la femme, lasse, mais non
rassasiée, s'assit au bord de la couchette et
empoignant de nouveau le chien par la
queue, le tourna et retourna si bien, qu'il

revint sur la voie ; comme elle se souciait peu
de regarder la figure du maître, elle lui tourna
le dos et, s'emparant du *salvum me fac*, furieusement se l'enfonça dans le zéro ; elle l'en retira et se le mit dans le carré, puis de nouveau
dans le rond et finit ainsi le second assaut en
me disant : « Il en reste encore assez pour toi. »
Moi qui allais m'évanouir comme un pauvre
diable qui meurt de faim et ne peut manger,
je m'apprêtais à mettre quelque part mon
doigt au vieux renard pour lui revivifier le sentiment (c'est un tour de main que j'avais appris du bachelier, je ne te l'ai pas dit, faute
d'y penser), quand tout à coup nous enten-
dons heurter à la porte avec une telle assu-
rance, qu'on aurait bien pu dire à celui qui
frappait : Tu es fou, à moins que tu ne sois
de la maison. A ce bruit, notre grosse caboche
change de figure comme un homme réputé
honnête et qui est surpris à fracturer une
sacristie ; nous autres, qui avions le visage
pétrifié, nous restons immobiles. Au second
coup, elle reconnaît son mari et se met à rire
aux éclats, de plus en plus fort, et de façon
que le mari l'entendît. Quand elle est bien
sûre d'avoir été entendue : « Qui est là ? »

demande-t-elle. « C'est moi », répond-il. « Oh !
mon mari, je descends ; attends un peu. Que
personne ne s'en aille » ajoute-t-elle ; et elle
court ouvrir. La porte ouverte, elle s'écrie :
« Un esprit me l'avait dit : Ne te couche pas ;
pour sûr ton mari ne restera pas dehors cette
nuit. Et de peur de succomber au sommeil,
j'ai fait rester avec moi notre voisine, qui en
me racontant sa vie au couvent, la pauvrette,
m'a toute bouleversée ; si je ne m'étais pas
souvenu que notre précepteur est un vrai fait-
dodo, et ne lui avais dit de venir pour me
ragaillardir avec ses bêtises, la nuit se passait
mal pour moi. » Elle conduisit à l'étage le
credo in deum qui, sans rien demander de
plus, se mit à rire en regardant le pédagogue :
tout troublé par cette arrivée soudaine, il ressemblait à un songe interrompu. Le mari, dès
qu'il m'eut aperçue, caressa en lui-même
l'idée d'entrer en possession de mon petit
domaine ; pour avoir l'occasion de se familiari-
ser avec moi, il entreprit le maître, et feignant
de prendre grand plaisir à sa conversation, lui
fit réciter l'a b c à rebours ; le drôle, en le ré-
citant tout de travers, le faisait rire si fort, que
l'autre en tombait à la renverse. Entre-temps,

je m'étais bien aperçue des œillades du mari
et du pied qu'il me faisait avec cent autres in-
vites. « Puisque vos servantes sont allées se
coucher », dis-je, « je vais me mettre au lit
avec elles. – Non, non », reprit le bon ami, et
se tournant vers sa femme : « Conduis-la dans
le cabinet », lui dit-il, « elle couchera là » ; ce
qui fut fait. J'étais à peine couchée, que je
l'entends dire à sa femme, très haut, pour
que je n'eusse aucun soupçon : « Ma bonne
amie, il faut que je retourne à l'instant d'où
je viens ; envoie au lit ce dort-debout et vas-y
toi-même également. » Comme une femme qui
touche le ciel du doigt, elle se mit à remuer
toutes les hardes d'une armoire, pour lui faire
voir qu'elle voulait l'attendre jusqu'au jour. Il
descendit l'escalier à grand bruit, ouvrit la
porte, et, resté en dedans, la referma comme
s'il fût sorti, puis remontant tout doucement,
à pas de loup, entra dans la chambre où je
dormais sans dormir, et en catimini vint se
coucher près de moi. En me sentant mettre la
main sur la poitrine, j'entrai dans ce délire
qu'on éprouve parfois, quand on dort la tête
en bas, et qu'il vous semble que quelque
chose de lourd, bien lourd, vous pèse sur le

cœur et ne vous laisse libre ni de parler ni de remuer.

ANTONIA. – Ça, c'est le cauchemar.

NANNA. – Oui, le cauchemar. Lui me disait: «Si tu ne souffles mot, bonne affaire pour toi!» et tout en me parlant ainsi, il me caressait mignardement les joues, avec la main. «Qui est là?» disais-je. «Je suis qui je suis», répondait l'esprit invisible. Comme il s'efforçait de m'écarter les cuisses, que je tenais plus serrées qu'un avare ne tient serrées ses mains, croyant dire tout bas: «Madame, madame», je le dis assez haut pour qu'elle m'entendît. Le mari, qui était aux prises avec moi, se jeta au bas du lit et courut à la salle, en même temps que sa femme, la chandelle au poing, arrivait voir ce que j'avais. Entrant dans la chambre qu'elle venait de quitter, il aperçut cet animal de pédagogue couché sur le lit et en train de se frotter la javelle, en attendant de s'en servir à faire chanter l'alouette; et juste comme la bonne planteuse de cornes me disait: «Qu'est-ce que tu as donc?» un holà! plus semblable au braiment

de l'âne qu'à la voix de l'homme, me coupa
ma réponse sur les lèvres. Le mari, avec la
pelle à feu, cognait brutalement le précepteur,
et si la femme, accourue à son secours, ne le
lui eût arraché des pattes, il filait un mauvais
coton.

ANTONIA. – Il avait raison de lui casser tout.

NANNA. – Il l'avait sans l'avoir.

ANTONIA. – Comment non, que diable?

NANNA. – Il y aurait là-dessus beaucoup à
dire. Quand elle vit le pauvre bêta pisser le
sang par le nez, elle se campa les poings sur
les hanches et, se tournant vers son mari, à
qui la patience venait d'échapper en voyant
ce gros butor où il l'avait vu, elle s'écria, avec
de fiers hochements de tête: «Et que te
semble-t-il donc que je sois, hein? Qui suis-je
donc, hein? Elle me le disait bien, ma nour-
rice, que tu ne me traiterais pas autrement
que si tu m'avais ramassée en guenilles, tout
comme je t'ai ramassé, toi. Ses prévisions
sont accomplies; elle qui me disait toujours:

Ne le prends pas, ne le prends pas, tu en seras mal traitée. Est-il possible de croire qu'une femme comme moi s'abaisse à vouloir de ce morceau de viande à deux yeux? Dis-moi, pourquoi l'as-tu frappé? Pourquoi? Que lui as-tu vu faire? Notre lit est-il un autel sacré, qu'un sot ne puisse le regarder? Comme si tu ne savais pas que les hommes de cette espèce, une fois ôtés de leurs livres, ne savent plus dans quel monde ils sont! Mais c'est bien; tu l'as voulu, tu l'auras. Dès demain matin je veux que le notaire fasse mon testament, pour ne pas laisser jouir plus long-temps de mon bien un ennemi, un homme qui traite sa femme en putain sans savoir pour-quoi.» Puis, haussant la voix elle poursuivit, en sanglotant: «Ah! malheureuse! Suis-je une femme à cela?» et elle s'arrachait les che-veux, on eût dit que son père venait d'être as-sassiné, là, devant elle. Je me rhabillai à la hâte et accourant au bruit: «En voilà assez», lui dis-je; «taisez-vous, de grâce. Voulez-vous faire jaser tout le quartier? Ne pleurez donc pas, madame.»

ANTONIA. – Et que répondait le bravache?

NANNA. – Il avait perdu la parole à cette menace de testament ; il savait bien que qui n'a rien, aujourd'hui, est plus malheureux qu'un courtisan sans crédit, sans faveur et sans pension.

ANTONIA. – C'est bien vrai.

NANNA. – Je ne pus m'empêcher de rire en voyant le pauvre homme en chemise, tapi dans un coin, tout tremblant.

ANTONIA. – Il devait ressembler à un renard pris au filet, et qui voit fondre sur lui une volée de coups de triques.

NANNA. – Ah ! ah ! ah ! tu l'as dit. En somme, le mari, qui ne voulait pas rebuter la litière, parce que l'âne lui en avait pris une lippée, ni perdre sa pâture, verte pour lui toute l'année, s'agenouilla à ses pieds, et il en fit tant, il en dit tant, qu'à la fin elle lui pardonna. Mais moi, je mangeai mon pain sec, en pénitence, pour avoir voulu faire la je-ne-veux-pas. Le précepteur alla se mettre au lit, avec sa bonne douzaine de coups de pelle ; eux, ils se couchèrent bien rapatriés, et moi de même. L'heure de se lever venue, voici ma mère ; elle me remmena à la maison où, après avoir fait ma toilette, je restai toute la journée la tête lourde de la mauvaise nuit que j'avais passée.

ANTONIA. – Le pédagogue fut-il mis à la porte ?

NANNA. – Comment, à la porte ? Au bout de huit jours je l'aperçus vêtu comme un prince.

ANTONIA. – Il est sûr que lorsque l'on voit un tel, un domestique, un intendant, un valet de chambre dépasser toute mesure dans ses vêtements, ses dépenses, le jeu, c'est qu'il mange de la patronne.

NANNA. – Pas de doute à cela. Venons-en à une autre qui se rongeait de l'envie de se faire mettre le fuseau dans la quenouille par un métayer que l'on disait avoir une cheville digne d'un taureau ou d'un mulet. C'était la femme d'un vieux chevalier de l'Eperon d'or, créé par le pape Jean, et qui faisait son puant, avec sa chevalerie, plus que le Mainoldo, de Man-

toue; prenant toujours le haut du pavé, il se
pavanait et se prélassait à faire crever de rire,
et à tout propos ne manquait pas de dire:
Nous autres chevaliers!... Quand il se montrait, les jours de fêtes solennelles, dans ses
beaux habits, il emplissait toute une église,
tant il marchait à pas comptés. Jamais ne parlait que du Grand Turc, du Soudan, et il savait les nouvelles du monde entier. Or, la
femme de cet ennuyeux personnage gromme-
lait à tout ce qui venait de leurs domaines. Si
c'étaient des poulets: «N'en avons-nous pas
d'autres?» disait-elle; «nous sommes volés.»
Si on lui apportait des fruits: «La belle espèce! les mûrs, on nous les mange; les verts,
on les réserve pour nous»; des salades, une ni-
chée d'oiseaux, une corbeille de fraises ou autres friandises lui étaient-elles présentées:
«Nous voilà bien», disait-elle; «je ne veux
rien de tout cela; c'est sur le grain, sur le vin,
sur l'huile qu'il nous faudra payer ces bagatelles.» Elle en fit tant, avec ses plaintes conti-
nuelles, qu'elle finit par éveiller les soupçons
de son époux; il changea de fermier, et sur
les conseils de sa femme, prit celui qui avait
de quoi ramoner la suie des plus vastes chemi-

nées. Le bail fut passé entre eux, et le fermier
prit possession du domaine. Quelques jours
après, il vint à la ville, se présenta à la maison
chargé comme un mulet, heurta du pied la
porte qui lui fut aussitôt ouverte, et monta les
escaliers. Il avait sur l'épaule un bâton aux
deux bouts duquel pendaient par devant trois
paires d'oies, par derrière trois paires de chapons, et à la main droite un panier contenant
neuf ou dix douzaines d'œufs, et autant de fromages : il ressemblait à ces porteuses d'eau de
Venise qui d'une main tiennent le *bigolo*,
comme elles disent, avec un seau à chaque
bout, et de l'autre un troisième. Tout en sa-
luant et en s'inclinant, la pointe du soulier sur
le plancher, il présenta son offrande à sa nouvelle patronne qui, plus préoccupée du calen-
drier que de la Toussaint, lui fit un accueil
trop beau même pour son chevalier. Elle
commanda qu'on lui servît une collation (ce
fut à la fois un dîner et un souper) sur la
table de cuisine, l'excita à boire une grosse
fiole de certain vin blanc qui avait une pointe
de doux, et, lui voyant une face rubiconde
comme elle la lui voulait lui dit : « Toutes les
fois qu'il vous arrivera d'apporter de bonnes

choses de chez nous, vous serez content d'être
en vie. » Le chevalier n'était pas à la maison.
« N'as-tu pas entendu ? » reprit-elle, en s'adres-
sant à la servante, qui vint aussitôt et, sur son
ordre, se mit à vider le panier. Elle le rendit au
fermier, après avoir mis les oies avec les autres
oies, et elle allait s'emparer des chapons pour
les mettre avec les chapons, quand sa maîtresse lui dit : « Reste ici », et les fit prendre
par le paysan, qu'elle emmena avec elle au
grenier ; là, elle délia les pattes des chapons
qui, tout endoloris, furent plus d'une heure
avant de pouvoir se remuer, puis, fermant la
lucarne du toit, elle voulut voir de quelle
bêche il saurait labourer son terrain, et si la
réalité ne mentait pas à la renommée. A ce
que me jura la servante, qui d'en dessous entendait les secousses, on aurait dit que le plancher allait crouler. Après qu'elle se fut fait
greffer deux fois, tout en feignant de causer
avec lui des dégâts que le précédent fermier
avait fait aux oliviers et aux pêchers, ils redes-
cendirent. L'homme ne pouvait pas attendre
plus longtemps le chevalier : on allait fermer
les portes ; il prit congé de madame, retourna
allègrement à la ferme et peu s'en fallut qu'il

n'allât raconter sa bonne aventure au domi-
nus. Quant à elle, elle restait toute stupéfaite
de cette prodigieuse marchandise dont sa
douane avait été bondée jusqu'aux combles,
quand voici qu'une rumeur s'élève par la
ville ; l'un courait par-ci, l'autre par-là, et l'on
entendait crier : Enfermez-vous, enfermez-
vous ! Elle se montre au balcon et aperçoit
quelques-uns de ses parents tout en émoi, les
épées dégainées, la cape roulée autour du bras,
d'autres sans chapeaux, armés de vieilles lan-
ces, de hallebardes et de broches : son visage
devient couleur de cendre et elle se pâme. A
l'instant elle voit apporter à bras, par deux
hommes, son chevalier couvert de sang et en-
touré d'une foule de monde ; elle tombe par
terre, à demi morte, on transporte le malheureux dans la maison, on l'étend sur le lit. En
toute hâte, on courut chez les médecins ; à la
fin on trouva des œufs et des morceaux de
chemise d'homme : elle commença à repren-
dre ses sens, s'élança vers son mari, qui la regardait sans proférer une parole, mit tout sens
dessus dessous dans la maison, et voyant qu'il
allait trépasser, lui fit le signe de croix avec des
cierges bénits, en s'écriant : « Pardonnez, re-

commandez-vous à Dieu!» Il fit signe de par-
donner et de se recommander, puis expira. Le
médecin et le prêtre vinrent quand tout était
fini.

ANTONIA. – A quel propos avait-il été assas-
siné?

NANNA. – A propos de ce que la pute avait
payé un tueur pour l'envoyer au cercueil avec
trois blessures dans le ventre; le drame mit
tout le pays en révolution. Elle fit par deux
fois semblant de vouloir se jeter par la fenêtre,
mais se laissa retenir, et ordonna les obsèques
les plus solennelles qu'on eût jamais, jamais
vues: les armoiries du chevalier, peintes sur
les murs de l'église, son corps couvert d'un
poêle de brocart d'or frisé et porté par six habitants, avec presque toute la ville pour cor-
tège, fut amené à l'église; elle, tout de noir
habillée, avec deux cents femmes qui pleuraient derrière elle, exhala tant de gémissements et d'une voix si tendre, que chacun en
sanglotait. L'oraison funèbre prononcée en
chaire, les vertus, les hauts faits du chevalier
rappelés à l'assistance, au son du *requiem æter-*

nam chanté par plus de mille prêtres, moines
et religieux de toutes couleurs, il fut déposé
dans un magnifique sarcophage peint, dont le
peuple entier vint lire l'épitaphe, et sur lequel
furent plantées les bannières, déposés l'épée
au fourreau de velours rouge, garni d'argent
doré, l'écu et le heaume, orné de velours
rouge comme le fourreau de l'épée. J'ai oublié
de te dire que ses paysans étaient aussi venus ;
tous, un bonnet noir sur la tête (on le leur
avait fourni), ils se rangèrent autour du
corps : parmi eux se trouvait l'homme aux
oies, aux chapons, aux œufs et à la bonne fortune. Mais pourquoi perdre tant de paroles ?
Elle trouva moyen de sécher ses larmes avec
lui, et resta dame et maîtresse, héritière uni-
verselle, car le mort, après l'avoir épousée par
amour, certain qu'il était de n'avoir ni garçons
ni filles, au grand mal au cœur de ses parents,
lui avait fait donation complète de ses biens.

ANTONIA. – Ah, elle tombait bien, la donation !

NANNA. – Maintenant qu'elle pouvait courir
les champs sans avoir peur de personne, lais-

sant son monde à la maison, elle retint près d'elle le successeur du chevalier, dont la défense d'éléphant la consola si bien que, jetant de côté toute pudeur, elle résolut de le prendre pour mari, avant que ses parents ne l'ennuyassent à vouloir lui en donner un autre. Elle fit courir le bruit qu'elle voulait entrer dans un couvent, pour pouvoir en prendre plus à son aise, et tous les ordres de religieuses se la disputaient; puis, résolue de se donner au vilain, sans plus songer au : que dira-t-on de moi? quel honneur fais-je à ma famille? ni à ceci, ni à cela, bien persuadée que les convenances sont des gâte-plaisirs, que tout retard sent le rance, et que le repentir est une mort anticipée, elle envoya quérir le notaire et se passa sa fantaisie.

ANTONIA. – Elle pouvait pourtant bien rester veuve et se rassasier du battant de cloche, ni plus ni moins?

NANNA. – Pourquoi elle n'est pas restée veuve, je te le raconterai une autre fois. La vie des veuves est telle qu'elle exige un chapitre à elle seule; je te dirai seulement ceci : elles sont

de vingt carats plus fines putains que les nonnes, que les femmes mariées et que les filles
des rues.

ANTONIA. – Comment? Vrai?

NANNA. – Les religieuses, les femmes mariées
et les putains se font fourbir par les chiens et
par les verrats : les veuves ont pour fourbis-
seurs les oraisons, les disciplines, les dévo-
tions, les sermons, les messes, les vêpres, les
offices, les aumônes et les sept œuvres de mi-
séricorde !

ANTONIA. – Et parmi les religieuses, les femmes mariées, les veuves et les putains, il n'y en
a pas une seule de bonne?

NANNA. – Il en est de ces quatre espèces de
femmes comme de la devise des monnaies :
prudence et confiance.

ANTONIA. – Nous voilà bien, alors. Reviens,
reviens aux noces de la chevalière.

NANNA. – Elle le prit donc pour mari. La

chose une fois connue, elle s'en alla, méprisée
non seulement de sa famille, mais de toute la
ville, et si passionnément attachée à lui,
qu'aux champs, vignes, partout, elle lui portait
jusqu'à son dîner. Le paysan, qui était de
bonne race, ayant donné quelques coups de
couteau à un frère de la dame, qui menaçait
de la faire empoisonner, personne de la ville
n'osait plus passer la porte.

ANTONIA. – Mauvaise histoire, d'avoir affaire
à eux.

NANNA. – C'est ce que l'on dit: Les vilains,
Dieu m'arrache de leurs mains. Mais venons-
en à de meilleures drôleries et sucrons un peu
la mort du pauvre chevalier avec la vie d'un
vieux richard, d'un vilain ladre, d'un gros bau-
det qui prit une femme de dix-sept ans, pour-
vue avec cela du plus joli petit corps que j'aie
jamais vu, et d'une grâce si gracieuse, que tout
ce qu'elle faisait, tout ce qu'elle disait, c'était
un charme. Elle avait certains gestes de grande
dame, certaines façons hautaines, certaines at-
titudes gentilles, à faire pâmer. Mets-lui entre
les mains un luth: on aurait dit une maîtresse

de musique; mets-lui un livre: on aurait dit une poétesse; mets-lui une épée: tu aurais juré une paladine; à la voir danser, c'était une biche; chanter, un ange; jouer, je ne saurais dire qui; avec ses œillades brûlantes, pleines d'un je ne sais quoi, elle vous faisait perdre la raison. En mangeant, elle semblait dorer les plats, et en buvant, donner de la saveur au vin; fine dans ses reparties, affable, elle savait parler des choses sérieuses avec tant de majesté, qu'auprès d'elle les duchesses n'étaient que des pisseuses. Elle s'attifait de parures à des modes à elle, qu'elle imaginait et qui avaient le plus grand succès; se montrant aujourd'hui en coiffe, demain les cheveux moitié noués en chignon, moitié en nattes, avec une boucle qui lui tombait sur l'œil et la forçait de le cligner, Dieu! à faire mourir les hommes d'amour et les femmes de jalousie! Par sa bonne grâce naturelle, elle savait bien, la rusée, faire autant d'esclaves de ses amoureux, tous perdus dans le frissonnement de ses deux seins, sur lesquels la nature avait égoutté des larmes de roses rouges. Souvent elle allongeait sa main, comme si elle voulait y trouver quelque tache, et, faisant lutter les feux de ses

bagues avec ceux de ses yeux, elle éblouissait
la vue de qui lui regardait la main d'autant
plus attentivement, que plus artificieusement
elle se la caressait de l'œil. A peine touchait-
elle la terre, quand elle marchait, voltigeant
toujours çà et là du regard, et à l'eau bénite,
quand elle s'en mouillait le front, elle s'incli-
nait avec une révérence qui semblait dire :
C'est comme cela qu'on fait dans le paradis.
Eh bien, avec toutes ses beautés, toutes ses
vertus, toutes ses grâces, elle ne put faire que
son père, le butor ! ne la mariât à un homme
de soixante ans ; c'est du moins l'âge qu'il
avouait, et il ne voulait pas qu'on le traitât de
vieux. Ce mari se faisait appeler comte, à
cause de je ne sais quelle bicoque aux murs
décrénelés, accompagnée de deux fours, qu'il
possédait ; et comme en vertu de certains di-
plômes sur parchemin, scellés de plomb, qui
lui avaient été délivrés, à ce qu'il disait, par
l'empereur, il pouvait offrir des tournois à ces
muguets dont c'est le plaisir de se faire trouer
la peau, presque tous les mois il s'en donnait
un là. Il se croyait le podestat de Modène, à
voir lui ôter leurs bonnets les badauds qui venaient regarder jouter l'un et l'autre, et, le jour

du tournoi, il comparaissait pontificalement, vêtu d'une jaquette semée de paillettes dorées, en velours violet à poils longs et courts, non rasé, cette espèce de velours ne se rasant pas, coiffé d'une toque en assiette, le manteau de drap rouge fourré de vair, le capuchon de brocart d'argent, pareil à ceux que portaient jadis à leurs manteaux les écoliers, l'épée au côté, une épée pointue, au pommeau de laiton, dans une gaine antique. Après avoir fait deux fois à pied le tour de la lice, avec une vingtaine de va-nu-pieds derrière lui, armés d'arbalètes et de hallebardes, composés partie de ses laquais, partie de gens ramassés sur son domaine, il montait sur une vieille haquenée au ventre plein de son, que cent mille paires d'éperons, pas plus qu'une seule, n'auraient décidée à sauter une enjambée, et se resserrait de frayeur quand il entendait sonner son tour de bataille. Ces jours-là, il tenait sous clef sa femme ; le reste du temps ce chien du jardinier, à l'église, aux fêtes, partout, lui flairait la queue. Au lit, il lui contait ses prouesses du temps qu'il était soldat, et lui narrant une bataille, où il avait été fait prisonnier, il imitait avec la bouche jusqu'au tuff! taff! des bom-

bardes, en se démenant au lit comme un possédé. La pauvrette, qui avait bien meilleure
envie de jouter avec la lance de nuit, se déses-
pérait ; quelquefois, de dépit, elle le faisait
marcher à quatre pattes par terre, et, lui mettant une ceinture dans la bouche, en guise de
bride, grimpait sur son dos, l'éperonnait à
coups de talons et le poussait en avant
comme lui-même menait son cheval. Au milieu de cette existence mélancolique, elle imagina une fort jolie malice.

ANTONIA. – Laquelle ? Je voudrais bien le savoir.

NANNA. – La nuit, elle se mit à proférer en
songe un tas de paroles décousues, qui
n'avaient aucun rapport, et dont le vieux faisait des rires désordonnés ; mais, quand elle
vint à jouer des mains et lui asséna un bon
coup de poing sur l'œil, qu'il y fallut de la cé-
ruse et de l'huile de rose, il la tança verte-
ment ; elle, feignant de ne se rien rappeler de
ce qu'elle faisait ou disait, continua de la
même façon en sautant du lit, en ouvrant les
fenêtres, les armoires ; quelquefois, elle s'ha-

billait et le nigaud lui courait derrière, la se-
couant, l'appelant à haute voix; une belle
nuit, il advint qu'en voulant la poursuivre
hors du seuil de la porte, le pied lui manqua
au haut de l'escalier, tandis qu'il croyait le
poser sur le carreau, et il roula jusqu'en bas:
outre qu'il se meurtrit tout le corps, il se
cassa une jambe. Toute la maison accourt au
cri qu'il pousse, un cri à mettre en émoi le
quartier, et on le relève; il aurait bien mieux
fait de rester couché. La femme fait semblant
de se réveiller aux gémissements de son mari,
apprend l'aventure et se met à pleurer, à geindre, maudissant la manie qu'elle a de se lever.
La nuit, à l'heure qu'il était, elle envoya vite
chercher un médecin, qui lui remit les os en
place.

ANTONIA. — Pourquoi faisait-elle semblant de
rêver?

NANNA. — Dans l'espérance qu'il lui arriverait
de tomber, comme en effet il l'avait fait; et
qu'une fois qu'il se serait cassé les reins, il ne
pourrait plus la suivre à la piste. A cette heure,
le vieil imbécile, avec sa jalousie, se trouvait

malheureux outre mesure ; mais dans son orgueil, il entretenait bien à contre-cœur une dizaine de vauriens de pages, qui couchaient dans une chambre du bas, et dont le plus âgé ne dépassait pas vingt-quatre ans. Entre eux, qui avait une bonne toque, manquait de chausses ; qui avait de bonnes chausses, portait un mauvais pourpoint ; qui un bon pourpoint, une cape toute déchirée ; qui une bonne cape, un lambeau de chemise. Et souvent, ah ! oui, souvent, ils mangeaient le pain et les miettes !

ANTONIA. – Pourquoi y restaient-ils, les brigands ?

NANNA. – Pour la liberté qu'il leur laissait. Eh bien, ma chère Antonia, elle avait jeté l'œil sur ces brigands, et dès qu'elle eut flanqué au lit son vieux nigaud, la cuisse entre deux attelles, elle se remit à rêvasser, puis étendant les bras, sauta du lit, malgré le bonhomme qui lui criait : Holà ! holà ! Elle le laissa s'égosiller, ouvrit la chambre et s'en alla trouver les petits drôles qui, autour d'un lumignon prêt à s'éteindre, jouaient quelques liards qu'ils

avaient dérobés au messire en allant lui acheter des bagatelles. Tout en leur souhaitant le
bonsoir, elle renversa la chandelle et s'appli-
quant sur l'estomac le premier qui lui tomba
sous la main, se mit à s'amuser avec lui. En
trois heures qu'elle resta chez eux, elle les es-
saya tous les dix, deux fois chacun, et, remontant à la chambre, bien purgée des humeurs
qui la faisaient délirer : « En voudrez-vous,
mon cher mari », lui dit-elle, « à ma triste nature, qui me force d'aller en procession, la
nuit, par la maison, comme une sorcière ? »

ANTONIA. — Qui donc t'a raconté si minu-
tieusement tout cela ?

NANNA. — C'est elle-même ; après qu'elle eut
mis son honneur sous ses escarpins, elle devint
une femme à tout le monde ; sa gentillesse une
fois en circulation, elle l'offrait même à qui ne
voulait pas l'écouter. D'ailleurs, un des dix
preux, dépité contre elle de ce qu'elle s'était
abandonnée à un autre, mieux fourni que lui,
s'en alla comme un désespéré par les places,
par les tavernes, chez les barbiers, dans les
boutiques, raconter l'histoire.

ANTONIA. – Elle fit très bien ; tant pis pour le
vieux fou, qui devait prendre une femme de
son âge, et non une enfant qui aurait pu être
cent fois sa fille.

NANNA. – Tu m'as bien entendue, c'est ainsi
que cela se passa. Et non contente de l'avoir
chargé de tant de cornes qu'un millier de
cerfs n'auraient pu les porter, éprise un beau
jour d'un certain vendeur d'almanachs, à
l'aide d'un cornet de poivre dont elle lui assai-
sonna sa soupe, elle se débarrassa de son
vieux : pendant qu'il se mourait, sous son
nez, elle épousa le maroufle, elle se fit trafi-
quer par lui. C'est ce qu'on dit dans la ville,
mais je n'en jurerais pas, je n'y ai pas mis le
doigt.

ANTONIA. – Ça ne doit être que trop vrai !

NANNA. – Ecoute-moi celle-ci. Une des meilleures femmes de la ville avait un mari plus
gourmand du jeu qu'une guenon de cerises ;
son jeu favori, c'était la prime, et toutes sortes
de gens venaient en bandes faire la partie chez
lui. Comme il possédait un domaine dans les

environs, une de ses fermières, restée veuve, venait tous les quinze jours visiter sa femme, et lui apporter quelques petites choses de la ferme, comme qui dirait des figues sèches, des noix, des olives, des raisins passés au four et autres denrées ; elle restait un bout de temps, puis s'en retournait chez elle. Un jour entre autres qu'il était à moitié fête, ayant un beau chapelet de limaçons et peut-être vingt-cinq prunes bien rangées sur un lit d'herbe, dans un panier, elle vint voir sa patronne. Le temps changea et il s'éleva un vent accompagné d'une pluie si épouvantable, que force lui fut de rester pour cette nuit à la maison. Le débauché de mari, qui vivait à bouche que veux-tu et qui devant sa femme disait tout ce qui lui venait sur le bout de la langue, un buveur connu, toujours plein de gaudrioles, jeta sur elle son dévolu, et décida de lui faire administrer un trente-et-un ; se montrant bon camarade, il en dit un mot à la bande qui jouait chez lui, ce qui leur fit à tous dresser l'oreille, avec de grands éclats de rire. Chacun promit de revenir après le souper, et notre homme dit à sa femme : «Tu feras coucher notre fermière dans la chambre du grenier. – Très

bien », répondit-elle, puis elle se mit à table
avec lui et, au bas bout, soupa la fermière,
fraîche comme un bouquet de roses. Le repas
achevé, un peu de temps se passa, puis les
joueurs revinrent. Le mari se retira avec eux
et conseilla à sa femme d'aller se coucher ; il
dit à la veuve d'en faire autant. L'épouse, qui
savait de quel pied boitait le garnement, se dit
à part soi : « J'ai entendu dire que qui s'en
donne une bonne fois ne pâtit pas toujours.
Mon mari, pour qui honneur ou déshonneur,
c'est tout un, veut mettre au pillage le magasin
et la garde-robe de notre fermière ; mais j'ai
envie de savoir, moi, ce que c'est que ces
trente-et-un as dont il y a des personnes qui
font tant les dégoûtées, et pour sûr, la séquelle
de mon fainéant de mari en prépare un à la
bonne dame. » Là-dessus, elle fit coucher la
fermière dans son propre lit, et gagna celui
qu'elle lui avait fait préparer au grenier. Aussitôt voici venir le mari à pas de loup ; en s'effor-
çant de retenir sa respiration, il soufflait d'une
façon bizarre, et les bons compagnons qui de-
vaient mettre après lui la main à la pâte, ne
pouvant étouffer leurs rires, les laissaient écla-
ter en sourdine : on n'entendait que des ouh !

ouh! bien vite comprimés par la main de l'un
ou de l'autre. Rien ne se passa que je ne l'aie
appris par le menu de l'un de ces trente-et-
uniers qui me donnait parfois l'accolade, en
manière de passe-temps. Voilà le chef de file
des jouteurs qui, tout d'une haleine, s'appro-
che de celle qui jamais n'avait rien attendu
avec un si grand désir, et, se jetant sur elle, il
l'empoigne d'une façon qui voulait dire : Tu
ne m'échapperas pas. Elle fait semblant de se
réveiller, toute peureuse, et de vouloir se
lever ; mais le compagnon de toute sa force la
presse contre lui et, lui ouvrant les cuisses du
genou, cachète la lettre : il s'aperçut d'avoir affaire à sa femme tout comme nous autres nous
nous apercevons de la croissance des feuilles
de ce figuier qui nous donne de l'ombre. En
le sentant qui lui secouait le pelisson, non
comme un mari, mais comme un amant, elle
devait bien se dire : Le glouton dévore à belles
dents le pain d'autrui et rebute celui de la maison. Pour l'achever, il l'encocha deux petites
fois et s'en retournant vers les amis, le rire
aux lèvres : «Oh! la bonne aubaine!» s'écria-
t-il! le friand morceau! Elle a certaines chairs
fermes et satinées comme une dame!» Bref, le

cul de la bonne dame fleurait la menthe et le
serpolet. Cela dit, il poussa en avant un second qui, avec la nonchalance d'un moine allant à la soupe, courut manger de la vache,
comme on dit à Rome, puis fit signe à un troisième qui se jeta sur elle comme le goujon sur
l'asticot ; ce qui fit rire, c'est qu'en lâchant le
brochet dans le réservoir, il déchargea trois
coups de tonnerre, sans éclairs, et lui en fit
venir la sueur aux tempes ; elle s'écria : « Ces
trente-et-un n'ont pas la moindre discrétion ! »
Pour ne pas te retenir jusqu'à la nuit avec les
gestes de l'un et de l'autre, ils le lui firent de
toutes les façons, par tous les bouts à toutes
modes, manières et fantaisies, pour parler
comme la pétrarquisante maman-ne-veut-pas ;
au vingtième, elle se mit à faire comme les
chattes, qui jouissent et miaulent en même
temps. Là-dessus, en voilà un qui lui ayant
tâté le sifflet et la cornemuse et les trouvant
de vrais gîtes à limaçons sans coquilles, resta
un peu en suspens ; enfin, il le lui mit par derrière, mais ne touchant les bords ni par ci ni
par là : « Madonne », s'écria-t-il, « mouchez-
vous le nez et puis flairez-moi le câprier. » Pendant qu'il parlait ainsi, les autres se tenaient, la

conscience en érection, à écouter le prêche, guettant d'aborder la bonne amie quand le camarade s'en irait, tout comme artisans, gamins, villageois, le jeudi, le vendredi et le samedi saints, guettent le départ du pénitent auquel le moine vient de donner l'absolution, la confession achevée; et en attendant il y en eut plus d'un qui se secoua le chien de haut en bas jusqu'à lui faire cracher l'âme. Enfin, quatre de ceux qui étaient restés les derniers, plus fous que sages, ne se sentant pas le cœur d'aller nager sans calebasse dans cette mer d'huile de gland, allumèrent un bout de torche dont on se servait pour éclairer ceux des joueurs qui, après avoir perdu, s'en allaient en blasphémant, et, malgré le patron du trente-et-un, entrèrent dans la chambre où sa femme gisait baignée dans le suif jusqu'à mi-jambe. Se voyant découverte: «C'est une fantaisie qui m'est venue», dit-elle, en prenant une mine de Pont-Sixte; «à force d'entendre dire tous les jours: une telle a reçu un trente-et-un, une telle en a reçu un autre, j'ai voulu les regarder en face, ces trente-et-un; maintenant, il en arrivera que pourra.» Le mari fit de nécessité vertu et lui demanda: «Eh bien, que

t'en semble, ma femme ? – Rien que de bon »,
répliqua-t-elle. Mais ne pouvant se retenir plus
longtemps, après un tel repas, elle courut au
retrait, et lâchant les rênes, comme un abbé
qui s'est trop rempli va se décharger le ventre,
elle rendit aux limbes terrestres vingt-sept petites âmes non encore nées. La paysanne, ap-
prenant que l'orge préparée pour elle avait été
mangée par une autre, s'en retourna chez elle,
et le cul lui cuisait comme si on le lui eût fait
bouillir avec des lentilles ; elle en fut une
année sans parler à sa patronne.

ANTONIA. – Heureuses celles qui peuvent se
passer leurs fantaisies !

NANNA. – C'est bien mon sentiment. Mais
celles qui se les font passer par le moyen de
ces trente-et-un, je ne les envie pas ; j'en ai eu
quelques-uns, moi aussi (merci à ceux qui me
les ont donnés !), et je ne trouve pas qu'ils pro-
curent toutes les béatitudes qu'on leur sup-
pose communément, dans le monde : ils
durent trop longtemps ! Je te l'avoue, s'ils du-
raient moitié moins, ce serait exquis, ce serait
divin.

Venons-en à une dame (je veux taire son nom) qui eut un beau caprice pour un prisonnier dont le podestat reculait indéfiniment la pendaison, de peur de faire ce plaisir à la potence. Son père, en mourant, lorsque le drôle était âgé de vingt et un ans environ, l'avait laissé héritier de quatorze mille ducats, moitié comptant, le reste en domaines, plus les meubles d'une maison ou pour mieux dire d'un palais. En trois ans, fut mangé, joué et foutu tout l'argent comptant ; puis il mit la main sur les terres et en trois autres années dévora le reste. Comme il ne pouvait vendre certaine maisonnette, ce que lui défendait une clause spéciale du testament, il la démolit et en vendit les pierres ; puis ce fut le tour du mobilier : empruntant un jour sur les draps, vendant le lendemain une nappe, puis un lit, puis un autre, aujourd'hui ceci, demain cela, il alla ainsi jusqu'au dernier sou et fit si bien trébucher la balance, qu'après avoir d'abord engagé, puis vendu, autant dire donné pour rien, le palais, il resta tout nu et tout cru. Alors il s'enfonça dans toutes les scélératesses que peut non seulement faire, mais imaginer un homme : faux serments, homicides, vols, tricheries, cartes marquées, dés pipés, félonies, clouteries, escroqueries, assassinats. Il avait été mis en prison des quatre et cinq ans à la fois, avait reçu plus de coups de corde que de bouchées de pain, et il s'y trouvait en ce moment pour avoir craché à la figure de... On ne peut dire qui.

ANTONIA. – Le ribaud! le traître!

NANNA. – C'était un si fieffé ribaud que, d'avoir couché avec sa mère, on pouvait dire que c'eût été le moindre de ses péchés. Réduit à la mendicité, en ce qui concerne tout le reste, il était si opulent en fait de mal français, qu'à lui seul il aurait pu le donner à un millier de ses pareils et en garder encore pour lui tout un monde. Pendant que ce renégat était en prison, un médecin aux gages de la ville pour soigner les pauvres détenus, s'occupait de guérir la jambe de l'un d'eux, qui craignait que le chancre ne la lui mangeât. « Comment! » s'écria ce médecin, « j'ai guéri la nature monstrueuse de ce brigand, et je ne guérirais pas ta jambe? » Cette monstrueuse nature parvint aux oreilles de ladite dame, et le patrimoine

démesuré du scélérat qui était en prison lui
entra si profondément dans le cœur, qu'elle
se mit à brûler pour lui plus que cette reine
d'autrefois ne brûla, dit-on, pour le taureau.
Comme elle n'apercevait ni voie ni moyen de
pouvoir s'en passer la fantaisie, elle résolut de
commettre quelque méfait, afin qu'on l'enfer-
mât dans cette même prison où était le crache-
sur-la-croix. Pâque arrivée, elle communia
sans se confesser ; on l'en reprit ; elle répliqua
qu'elle savait ce qu'elle faisait. La chose se di-
vulgua, plainte fut portée au podestat, qui la
fit arrêter et mettre à l'estrapade ; alors elle
confessa que la cause de son crime était l'envie
effrénée qu'elle avait du poireau de l'homme
en question, aux yeux en dedans et si petits
qu'à peine y voyait-il, au nez large et écrasé
sur la figure, avec une balafre en travers et
deux cicatrices du mal de Job, qui ressem-
blaient à deux grelots de mule, déguenillé,
puant, dégoûtant, tout rempli de poux et de
vermine. L'honorable podestat le lui donna
pour compagnon en lui disant : « Ce sera la pénitence de ton péché, *per infinita secula seculo-
rum.* » Cela lui fit autant de plaisir d'être
enfermée pour toute sa vie qu'un autre en au-

rait à sortir de prison. On prétend qu'après avoir tâté de cette grandissime verge, elle s'écria : « Dressons ici nos tabernacles ! »

ANTONIA. – Est-ce que cette verge dont tu parles était aussi grosse que celle d'un âne ?

NANNA. – Plus grosse.

ANTONIA. – Que celle d'un mulet ?

NANNA. – Encore plus.

ANTONIA. – D'un taureau ?

NANNA. – Encore plus.

ANTONIA. – D'un cheval ?

NANNA. – Trois fois plus grosse, te dis-je.

ANTONIA. – Elle était donc alors aussi colossale que les colonnes d'un lit de parade ?

NANNA. – Juste

ANTONIA. – Tu te rends compte?

NANNA. – Pendant qu'elle nageait dans l'allé-
gresse jusqu'au cou, le podestat fut répri-
mandé par la commune et force lui fut, pour
satisfaire à la justice, de condamner le susdit
criminel à la potence : ses dix jours de grâce
lui ayant été signifiés... J'ai laissé de côté
quelque chose; nous reviendrons au scélérat,
oui. La gourmande n'était pas plus tôt en prison et à peine avait-elle jeté le masque, que la
nouvelle s'en répandit par la ville et donna
matière aux caquets des badauds, des artisans,
des femmes surtout; dans les rues, aux fenêtres, sur les marchés, on n'entendait causer
que de la belle pièce, et avec des moqueries,
des airs de dégoût! Lorsque six commères se
trouvaient réunies autour du pilier à l'eau bénite, elles en bavardaient deux heures durant.
Entre autres cénacles, il s'en forma un dans
mon quartier, et une madame-la-prude, entendant de quoi il s'agissait et voyant toute la
bande en suspens, la quenouille à la main,
pour l'écouter, s'écria : «Nous autres, qui
pour être femmes sommes toutes déshonorées
par les déportements de cette gouine, nous de-

vrions marcher à l'instant sur le palais, l'arracher de la prison, dussions-nous y mettre le feu, la flanquer sur une charrette et la déchirer de nos dents; nous devrions la lapider, l'écorcher vive, la crucifier!» Ces paroles proférées, elle s'éloigna, gonflée comme un crapaud, et rentra chez elle comme si tout l'honneur des femmes du monde entier dépendait d'elle.

ANTONIA. – La pécore!

NANNA. – Les dix jours de grâce signifiés au malandrin, elle vint à en apprendre la nouvelle, cette *moi-je-ne-crache-pas-dans-l'Eglise*, qui voulait courir à la prison et l'en faire sortir en y mettant le feu! Elle en eut grande compassion, songeant au préjudice qu'éprouverait la ville à perdre sa plus grosse pièce d'artillerie, celle dont la renommée seule, à défaut de meilleure preuve, attirait les femmes qui se trouvaient mal partagées comme l'aimant attire l'aiguille ou un brin de paille. La même frénésie d'en jouir, qui avait poussé l'autre méprise-sacrement (révérence parler), l'empoigna elle-même, et elle imagina la plus rusée, la plus diabolique invention qu'on ait jamais ouïe.

ANTONIA. – Qu'avait-elle inventé ? Dieu te garde de frénésies pareilles !

NANNA. – Elle avait un mari continuellement malade, qui restait deux heures levé et deux jours au lit, pris parfois de telles palpitations de cœur qu'il en étouffait et semblait près de passer. Ayant appris d'une de ces putains de bordel (le diable l'emporte !) qu'elle pouvait sauver l'homme qu'on mène à la potence, rien qu'en se jetant au-devant de lui et en criant : « Je le prends pour époux !... »

ANTONIA. – Qu'est-ce que j'entends là ?

NANNA. – ... elle résolut de donner le coup de pouce au sien, puis, usant du droit des ribaudes, de prendre le vaurien pour mari. Pendant qu'elle y songeait, voici qu'avec des : Aïe ! aïe ! son pauvre homme, fermant les yeux, crispant les poings, battant des jambes, vint à se pâmer. Elle, qui, moins haute que large, ressemblait ainsi à une caque de thon salé, lui mit un oreiller sur la bouche, s'assit dessus, et sans avoir besoin qu'aucune servante l'aidât, lui fit sortir l'âme par où sort le pain digéré.

ANTONIA. – Oh! oh! oh!

NANNA. – Alors elle fit un tapage épouvantable, s'arracha les cheveux, rassembla tout le voisinage qui, connaissant l'indisposition du pauvre homme, ne douta pas qu'il n'eût été étouffé dans une de ces crises dont il souffrait continuellement. On l'enterra fort honnêtement, car il était honnêtement riche, et aussitôt la veuve, véritable chienne en chaleur, se réfugia au clapier, pour ne pas te mâcher le mot. Comme de son côté ni de celui de son mari elle n'avait de parents pour deux liards, elle y resta sans empêchement aucun, tout le monde pensant qu'elle était devenue folle de douleur après la mort du susdit. Arriva la nuit qui précédait le matin où le misérable devait être exécuté; la ville en devint déserte, tous les hommes et presque toutes les femmes s'étant rassemblés au palais du podestat pour voir annoncer son supplice à celui qui en méritait mille. L'homme se mit à rire en enten-

dant dire au prévôt : « La volonté de Dieu et
celle du magnifique podestat (j'aurais dû le
nommer le premier), est que tu meures. » Il
fut extrait de la prison et conduit au milieu
du peuple, les pieds dans les ceps, avec les me-
nottes, assis sur une méchante poignée de
paille, entre deux prêtres qui le réconfortaient,
et ne faisant pas une mine trop rechignée à
l'image qu'on lui présentait à baiser. Comme
s'il ne s'agissait pas de lui, il contait des bour-
des en chemin, et tous ceux qui se présen-
taient, il les appelait par leurs noms. Depuis
le matin, la grosse cloche du beffroi sonnait
lentement, lentement, pour annoncer l'exécu-
tion qui allait avoir lieu. Les bannières furent
déployées, puis lecture faite (elle dura jusqu'au soir) de la condamnation par un de
ceux du tribunal criminel, qui avait une voix
retentissante ; ensuite il s'achemina une grosse
corde dorée au col et une mitre de papier doré
sur la tête, pour signifier qu'il était le roi des
coquins. Au son de la trompette, veuve de
son gland, on le fit avancer au milieu d'une
escouade de sbires, la populace marchant par
derrière, et partout où il passait, les balcons,
les toits, les fenêtres, tout était plein de fem-

mes et d'enfants. Dès qu'il fut près de la catin qui, avec un grand battement de cœur, guettait le moment de se jeter au cou du scélérat, avec cette avidité dont un malade brûlé de la fièvre se jette sur un seau d'eau fraîche, sans le moindre trouble, elle s'élança furieusement, fendit la foule à grands cris, et échevelée, battant des mains, elle l'étreignit de toutes ses forces en disant: «Je suis ta femme!» Les gens de justice s'arrêtèrent; tout le monde se poussait, se heurtait et l'on entendait un vacarme! on aurait dit que toutes les cloches de l'univers sonnaient en même temps au feu, aux armes, au prêche, à la fête. La nouvelle arrivée aux oreilles du podestat, il fut obligé de tenir la main à la loi, et le misérable fut livré, pieds et mains libres, pour être accroché au gibet de la coquine.

ANTONIA. – Ah, c'est la fin du monde!

NANNA. – Ah! ah! ah!

ANTONIA. – De quoi ris-tu?

NANNA. – De celle qui s'était faite luthérienne

pour vivre en prison avec lui, et qui y resta,
avec trois coups de couteau dans le cœur : le
premier fut de l'en voir sortir ; le second de
croire qu'il allait être pendu ; le troisième d'apprendre qu'une autre s'était emparée de son
château, de sa ville, de ses Etats.

ANTONIA. – Dieu récompense le démon, qui
la punit de ces trois coups de couteau !

NANNA. – Ecoutes-en une autre, petite sœur.

ANTONIA. – Avec plaisir.

NANNA. – Il y avait certaine dédaigneuse,
belle sans aucune grâce, et même, non, pas
belle, mais jolie à voir, qui plissait les lèvres et
fronçait le sourcil à propos de tout ; c'était une
hermine, une éplucheuse, une flaire-malpro-
pretés, la plus fastidieuse qui naquît jamais.
Elle trouvait à redire à tous les yeux, à tous
les fronts, à tous les cils, à tous les nez, à toutes les bouches, à toutes les figures qu'elle
voyait. Jamais elle n'aperçut de dents qui ne
lui parussent noires, ébréchées et longues ; à
son idée, pas une femme ne savait parler, pas

une ne savait marcher, et toutes étaient si mal
bâties que leurs robes leur pleuraient sur le
dos. Lorsqu'elle voyait un homme regarder
une femme : «Elle est comme Dieu veut», disait-elle ; «elle fait de plus en plus parler d'elle.
Qui l'aurait jamais cru ? Je l'aurais prise pour
confesseur !» Elle blâmait celles qui ne se mettaient pas à la fenêtre et celles qui s'y mettaient ; bref, elle s'était faite la censure vivante
de toutes les femmes, et toutes la fuyaient
comme la male aventure. Quand elle allait à
la messe, tout lui puait, jusqu'à l'encens, et allongeant sa moue, elle s'écriait : «Quelle église
bien balayée ! quelle église bien arrangée !»
Elle allait flairant chaque autel, en marmottant
ses patenôtres, et disait son mot à chaque :
«Quelles nappes ! quels chandeliers ! quels
sales gradins !» Pendant que le prêtre lisait
l'Evangile, ne voulant pas se tenir debout
avec les autres, elle faisait certains hochements
de tête, comme si le prêtre n'officiait pas, et à
l'élévation elle prétendait que l'hostie n'était
pas de pur froment. En trempant le bout du
doigt dans l'eau bénite, pour se faire de mauvaise grâce une croix sur le front, elle disait :
«Quelle honte de ne pas la changer !» Autant

d'hommes elle rencontrait, autant de fois elle faisait la grimace, disant : « Quel chapon ! quelles jambes en fuseaux ! quels pieds énormes ! quelle mauvaise tournure ! quel squelette ! quelle figure de possédé ! quel museau de chien ! » Cette bonne pièce, qui grillait d'entendre louer chez elle ce qu'elle prétendait manquer aux autres, ayant reluqué un frère convers qui, la besace trouée de toutes parts sur l'épaule, les verges à la main, venait mendier le pain à sa porte, il lui parut de bonne taille, jeune, sans souci, bien râblé : elle s'en éprit. Sous prétexte que l'aumône devait être faite de la main de la patronne, et non de celle de la servante, elle descendait elle-même l'apporter au convers, et si son mari lui disait : « Envoie donc la fille », elle disputait une heure avec lui touchant l'essence de l'aumône, la différence qu'il y avait entre la faire soi-même et la donner à faire aux autres. A la fin, devenue familière avec le grippe-soupe, qui lui apportait souvent des *Agnus Dei*, des noms de Jésus brodés en safran, ils s'arrangèrent ensemble.

ANTONIA. – Quel arrangement prit-elle ?

NANNA. – Celui de s'enfuir au couvent.

ANTONIA. – Comment cela?

NANNA. – Vêtue en novice. Pour avoir vis-à-
vis de son mari un prétexte de quitter la maison, elle entreprit de lui soutenir un beau jour
que la bonne-dame d'août tombait le 16 du
mois; elle le fit tellement monter en colère,
qu'il la prit par le cou et qu'il le lui tordait
comme à un poulet si sa mère ne la lui eût arrachée des mains.

ANTONIA. – Maudite obstinée!

NANNA. – A peine relevée debout, elle se mit
à crier: «Je vois ce que tu veux; suffit! suffit!
mais tu ne t'en tireras pas comme cela; mes
frères le sauront, oui, ils le sauront! Tu atta-
ques ainsi une pauvre femmelette? Attaque-
toi donc à un homme, puis tu reviendras me
parler. Je n'en supporterai pas davantage;
non, je n'en supporterai pas davantage. Je me
flanquerai dans un couvent, j'y entrerai, dussé-
je d'abord brouter de l'herbe, plutôt que de
me laisser lapider tout le jour par toi; prends

garde que je ne me jette dans les latrines !
Pourvu que je ne t'aie plus devant moi, je
mourrais contente. » Et avec des sanglots, des
soupirs, elle s'assit, la tête entre les genoux,
sans vouloir autrement souper ; elle y serait
restée jusqu'au matin si sa mère ne l'avait em-
menée coucher avec elle : il lui fallut par deux
fois l'arracher au mari, qui voulait la mettre en
morceaux.

Venons-en maintenant à ce convers d'une
trentaine d'années, tout muscles, tout feu, de
haute taille, bien charpenté, brun de peau,
toujours de bonne humeur, ami de tout le
monde. Le jour suivant, il vint pour l'aumône,
guettant que le mari ne fût pas, et comme il
heurtait la porte avec son : «Donnez du pain
aux frères !» la miséricordieuse accourut ainsi
que d'habitude et ils convinrent qu'elle
s'échapperait avec lui le lendemain matin, dès
l'aube. Frère Boniface s'en alla et le lendemain, une tunique de novice sur le bras, il
était à sa porte une heure avant le jour, avant
que le boulanger ne fût venu ; il frappa, et,
tout en frappant, il criait : «Faites vite !» L'ef-
frontée se lève aussitôt : «A faire ses affaires
soi-même», dit-elle, «on ne se salit pas les

mains»; elle donne un coup de pied dans la
porte de la servante en disant: «Allons, debout; dépêche-toi»; puis dégringolant l'escalier, ouvre l'huis de la rue et fait entrer le gros
plein de soupe. Elle quitte une mauvaise robe
qu'elle s'était mise en hâte, la dépose avec ses
pantoufles sur la margelle du puits, revêt l'ha-
bit de novice et, méconnaissable, tirant sur elle
la porte, de façon à la refermer, se rend au
monastère. Dès qu'il l'eut amenée dans son
petit oratoire, le convers entreprit de lui donner son picotin. Il la coucha sur un vieux froc,
recouvert de deux petits draps de lit grossiers
et tout étroits, jetés là avec un capuchon sur la
paillasse qui, si le froc sentait la crasse, sentait
tout autant la punaise; lui, soufflant, haletant,
la tunique retroussée sur le nombril, ressemblait au mauvais temps, quand sur la fin
d'août il va se mettre à pleuvoir; de même
qu'alors le vent secoue les oliviers, et les ceri-
siers, et les lauriers, ainsi le moine, de ses fu-
rieux coups de reins, ébranlait la cellule,
longue de deux pas: il en fit tomber une madone de trois sous attachée au-dessus du lit,
avec un bout de bougie à ses pieds; elle, tout
en culetant, miaulait comme une chatte qu'on

gratte. Enfin le compagnon, qui ne moulait pas souvent, lâcha l'eau au moulin.

ANTONIA. – Dis plutôt l'huile, si tu veux bien parler ; un jour que je causais avec la mère de maman-ne-veut-pas, je fus reprise par elle, pour avoir dit : *verbi gratia*, miauler, jaillir de l'eau, sauter de joie.

NANNA. – Et pourquoi donc ?

ANTONIA. – Parce qu'elle dit qu'on a découvert un nouveau langage, dont sa fille a la grande maîtrise.

NANNA. – Quel nouveau langage ? Qui est-ce qui l'enseigne ?

ANTONIA. – Cette maman-ne-veut-pas, que je te dis, et elle se moque de quiconque ne parle pas à la mode ; elle prétend qu'il faut dire balcon, et non croisée ; porte, et non huis ; aussitôt, et non vitement ; visage, et non face ; cueur, et non cœur ; *miete*, et non *mete* ; il frappe, et non il heurte ; il se moque, et non il se daube ; la locution que tu as employée je ne

sais combien de fois, elle y tient comme à son
œil droit. Et je sais que les gens de son école
veulent que le *K* se mette derrière le livre et
non devant ; que c'est bien plus seigneurial.

NANNA. – Pour ceux à qui cela plaît. Quant à
moi, j'entends le mettre où m'enseigne de le
mettre la fente qui m'a pondu. Je veux dire
trecrolare, et non *berlingare* ; un niais, et non
un insensé, et cela pas pour d'autre raison,
sinon qu'on parle comme cela dans mon
pays. Mais retournons au convers. Il le fit
deux fois à Mme Blâme-tout-le-monde, sans
sortir le bec de l'eau.

ANTONIA. – Par ma barbe !

NANNA. – Le service achevé, il l'enferma dans
sa chambre et la fit tout d'abord cacher sous le
lit, de peur des accidents qui pouvaient arriver. Ayant à acheter de la farine, pour les hos-
ties, il tourna un peu par d'autres rues, puis
laissa ses pieds le porter vers celle de madame
Merdre, rien que pour épier ce qui était ad-
venu de son *levamini.* Il y était à peine, qu'il
entend du tapage dans la maison : voix de la

servante, voix de la maman, qui par les fenêtres criaient : « Des crochets ! des crochets ! »
et : « Des cordes ! des cordes ! »

ANTONIA. – Pourquoi des crochets et des
cordes ?

NANNA. – Parce qu'en s'apercevant que l'en-
diablée n'était pas là, après l'avoir appelée tout
doucement et à tue-tête, en haut, en bas, en
dessus, en dessous, par ci, par l'autre et de
tous côtés, elles découvrirent les pantoufles et
la robe sur la margelle du puits, et tinrent pour
certain qu'elle s'était jetée dedans. La mère se
mit à crier : « Au secours ! au secours ! » et tout
le voisinage fut sur pied, pour repêcher celle
qui avait pris l'occasion par le manche. C'était
pitié de voir la pauvre vieille plonger le croc,
en disant : « Suspends-toi après, ma fille chérie,
ma fille mignonne ; je suis ta bonne maman, ta
belle petite maman ! Ah ! le brigand ! le traître !
le Judas Scariote ! » et elle n'accrochait que
néant !

ANTONIA. – Dis rien du tout, si tu veux parler à la moderne.

NANNA. – Elle n'accrochait rien du tout. Laissant là le croc, comme une désespérée, les mains entrecroisées et les yeux au ciel, elle s'écriait: «Te semble-t-il honnête, ô bon Dieu! qu'une fille comme celle-là, si bien apprise, si avenante, sans un vice au monde, ait une pareille fin? Mes prières et mes aumônes m'ont bien servi! Puissé-je mourir, si je t'allume encore une chandelle!» Puis apercevant le moine qui, mêlé à la foule, faisait mine de rire en écoutant ses lamentations, sans rien soupçonner de sa fille et croyant qu'il venait pour mendier de la farine, elle l'empoigna par son scapulaire et le traîna hors de la porte, comme si elle voulait se venger de Dieu, qui avait laissé sa fille se jeter dans le puits. «Lèche-plats! lappe-soupe! jus-à-mandragores! avale-lazagnes! sirote-vendange! tire-vesses! gratte-pourceaux! engloutit-potage! rompt-carême!» s'écriait-elle, et un tas d'autres injures, que toutes les femmes s'en compissaient. Et c'était grand plaisir que d'entendre les commérages de tout le quartier, pas un qui ne crût la fille au fond du puits. Quelques vieilles bonnes femmes prétendaient se souvenir du temps où il avait été creusé, qu'il était plein de cavernes s'étendant l'une par ci, l'autre par là, et pour sûr, pour sûr, la pauvrette devait être enfoncée dans l'une d'elles. La mère, entendant parler de ces cavernes, commença une autre litanie : « Oh ! ma fille ! » s'écria-t-elle, « tu vas mourir de faim, là-dedans, et je ne te verrai plus récréer le monde de tes beautés, de tes grâces, de tes vertus ! » Elle promettait l'univers à qui voudrait plonger dans le puits pour la retrouver, mais tout le monde avait peur de ces cavernes dont les vieilles parlaient, et craignant de s'y perdre, chacun tournait les épaules et s'en allait avec Dieu.

ANTONIA. – Et le mari, que faisait-il ?

NANNA. – Il ressemblait à un chat qui n'est pas de la maison et à qui on a échaudé la queue. Il n'avait même pas le cœur de se laisser voir, tant parce qu'on disait tout haut que si sa femme s'était jetée dans le puits, ses déportements en étaient cause, que par faveur de la belle-mère qui allait lui sauter à la figure et lui arracher les yeux, avec ses ongles. Mais il ne put faire qu'elle ne le trouvât à la fin et ne

s'écriât : «Traître! es-tu content maintenant?
tes ivrogneries, tes parties de cartes, tes putas-
series, c'est tout ça qui l'a noyée, ma fille, ma
consolation. Mais porte le crucifix sur ta poitrine, porte-le, te dis-je, car je veux te faire tail-
ler en morceaux, en bouchées, hacher menu!
Attends! attends! Va par où tu voudras, tu at-
traperas ton affaire, tu seras traité comme tu le
mérites, misérable, assassin, ennemi juré de
tout ce qui est bon!» Le pauvre homme ressemblait à quelqu'une de ces peureuses,
quand on tire le mousquet, et qui se bouchent
les oreilles avec les doigts, pour ne pas entendre le coup. Il la laissa s'enrouer à cracher du
venin, s'enferma dans sa chambre et se mit à
songer à sa femme, dont le cas lui paraissait
étrange. Les choses en restèrent là; folle de la
mélancolie de la jeune femme, la mère para le
puits comme un autel : tout ce qu'elle avait
d'images à la maison, elle les suspendit autour
et elle y brûla les cierges bénits de dix années;
chaque matin elle y venait dire son chapelet
pour le repos de l'âme de sa fille.

ANTONIA. – Et que fit le convers, après avoir
été tiraillé par son scapulaire?

NANNA. – Il revint à sa cellule et tirant la fouine de dessous le lit, lui conta toute l'histoire. Ils en rirent tous les deux, comme nous le faisions aux bouffonneries de notre excellent maître André, ou du bon Strascino, que Dieu donne la paix à son âme !

ANTONIA. – Pour sûr, la mort eut tort de les enlever à Rome, qui en est restée veuve et depuis ne connaît plus ni carnaval, ni station, ni vignes, ni passe-temps d'aucune sorte.

NANNA. – Il en serait ce que tu dis si Rome perdait le Rosso, qui fait merveille avec ses gentillesses. Mais parlons de notre convers qui se soutint tout un mois, à cheminer jour et nuit, et courir ses beaux sept, huit, neuf et dix lieues, entrant dans la vallée de Josaphat toujours frais, dispos et gaillard.

ANTONIA. – Comment lui donnait-il à manger ?

NANNA. – Comme il voulait. En qualité de pourvoyeur du couvent, il pénétrait dans les granges, les cuisines, les maisons des habitants

et s'en revenait trois fois la semaine avec son
âne bien chargé; le bois, le pain pour les frères, l'huile pour la lampe, il se procurait tout,
il était le maître de tout; de plus, comme il se
plaisait à tourner, il se faisait pas mal d'argent
à vendre des toupies d'enfants, des pilons, des
fuseaux bons pour le lin de Viterbe; il avait
encore la dîme de la cire qui se brûlait au ci-
metière et les glas des morts; puis, les cuisi-
niers lui donnaient les têtes, les pattes et les
dedans des poulets. Mais voici que bientôt
l'idole de cette vertueuse femme, qui faisait
voyager son corps en paradis et se souciait de
son âme comme nous nous soucions des guel-
fes et des gibelins, éveilla le soupçon du jardinier, en cueillant certaines petites salades dont
les moines n'usaient pas. Le jardinier observa
soigneusement ses faits et gestes, et le voyant
maigre, les yeux en dedans, les jambes vacil-
lantes et toujours des œufs frais à la main, se
dit : « Il y a quelque chose là-dessous. » Il en dit
un mot au sonneur, le sonneur s'en ouvrit au
cuisinier, le cuisinier au sacristain, le sacristain
au prieur, le prieur au provincial et le provincial au général; quelqu'un fit le guet à sa
porte, pour saisir le moment où il irait en

ville ; à l'aide d'une fausse clef, ils ouvrirent et trouvèrent celle que sa mère pleurait pour morte. Elle fut bien effrayée en s'entendant dire : « Hors d'ici ! » et, en sortant, fit la mine d'une sorcière qui voit mettre le feu au tas de fagots sur lequel on l'a liée pour la brûler vive. Les moines, sans se troubler aucunement, appelèrent le convers, qui pour lors revenait de sa tournée, l'attachèrent et lui réservèrent autre chose que d'aller manger sous la table avec les chats. Ils le jetèrent dans une prison sans jour, où il y avait un pied d'eau, et lui donnèrent une miche de pain de son le matin, une autre le soir, un verre d'eau vinaigrée et la moitié d'une gousse d'ail. Puis ils se demandèrent ce qu'il fallait faire de la femme ; l'un dit : « Enterrons-la toute vive. – Faisons-la mourir en prison avec lui », dit un autre. « Rendons-la à sa famille », dirent quelques âmes charitables ; il y en eut un, plus avisé, qui s'écria : « Amusons-nous-en un jour ou deux ; après, Dieu nous inspirera. » Cette proposition fit rire les jeunes et même ceux d'un âge mûr, non sans que les vieux clignassent de l'œil. Enfin, ils résolurent de voir combien de coqs suffisaient à une poule, et, la sentence prononcée, la gourmande de pastenague ne put réprimer une risette en entendant dire qu'elle allait être la poule de tant de coqs. L'heure du silence arrivée, le général lui parla avec les mains ; après lui le provincial, puis le prieur, et de main en main, le sonneur et jusqu'au jardinier, montèrent sur le noyer et le gaulèrent de telle façon qu'elle commença d'être contente ; deux jours à la file, les passereaux ne firent autre chose que de monter au grenier et d'en descendre. Au bout d'un certain temps, le prisonnier fut élargi ; il sortit de l'enfer, pardonnant à tout le monde, laissa son bien en communauté et en profita avec les autres pères. Croirais-tu que toute une année elle résista à tant de meules de moulin ?

ANTONIA. – Pourquoi ne veux-tu pas que je le croie ?

NANNA. – Et elle y restait pour toujours, si, devenue grosse, elle n'était peu de temps après accouchée d'un monstre à tête de chien, qui donna de l'ennui aux frères.

ANTONIA. – Pourquoi de l'ennui ?

NANNA. – A cause de la meurtrière qui s'était par trop élargie en pondant le monstre à tête de chien, au point que c'était chose horrible à voir. Ils calculèrent par le moyen de la nécromancie, et découvrirent que le chien préposé à la garde du jardin avait eu affaire à elle.

ANTONIA. – Est-il possible?

NANNA. – Je te le vends comme je l'ai acheté de tous ceux qui virent le cadavre du monstre : le sac à moines l'avait en effet pondu mort.

ANTONIA. – Qu'advint-il de la gouge, après son accouchement?

NANNA. – Elle retourna près de son mari ou pour mieux dire près de sa mère, en usant du plus beau stratagème du monde.

ANTONIA. – Raconte un peu!

NANNA. – Un moine qui exorcisait les esprits et qui en avait de pleines bouteilles, sauta par-dessus de mauvaises clôtures de jardins jusque sur le toit de la maison de notre mouchoir à couvents, et fit si bien qu'il y pénétra avec l'aide du diable, une nuit ; il guetta que tout le monde fût endormi et s'approcha de l'huis de la chambre où couchait la maman, qui ne cessait de geindre et d'appeler sa bienheureuse de fille. Le frère l'entendit s'écrier : « Où es-tu, à cette heure ? » et contrefaisant sa voix : « En lieu de salut », répondit-il, « je suis toujours en vie, grâce aux couronnes que vous avez déposées sur le puits ; j'y triomphe dans le giron de vos prières, et d'ici deux jours vous me reverrez plus grasse que jamais. » Il s'en alla, laissant la bonne femme stupéfaite, descendit comme il avait monté et vint narrer la bonne bourde aux moines, qui firent venir leur commune femme. Le prieur, au nom du couvent, la remercia de son humanité ; il lui donna deux pleines charges de remerciements, lui demanda pardon de n'avoir pas mieux rempli son devoir et s'offrit encore pour la réconforter. Une chemise blanche sur le dos, la couronne d'olivier sur la tête, une palme à la main, ils la renvoyèrent deux heures avant le jour chez elle, avec le moine qui avait annoncé sa venue à la mère ; celle-ci, que la vision postiche avait ressuscitée, attendait toute en émoi

l'arrivée de celle qui aimait la viande sans os et
qui, tout en laissant ses affaires sur la margelle
du puits, avait eu soin d'emporter la clef d'une
porte de derrière ; elle s'en servit pour rentrer,
renvoya le père nécromant, non sans lui laisser
grignoter une petite tranche, et s'assit sur le
puits. Le jour parut ; la servante se leva, vint
pour tirer de l'eau et mettre le dîner sur le
feu, aperçut sa patronne vêtue comme une
sainte Ursule en peinture, et cria : « Miracle !
miracle ! » La mère, qui savait que sa fille devait faire ce miracle-là, dégringola l'escalier et
s'élança à son cou si follement qu'elle faillit se
précipiter dans le puits, pour de vrai. Il y eut
grande rumeur ; de toutes parts on accourait
au miracle, absolument comme lorsque
quelque tonsuré s'amuse à faire pleurer le crucifix ou la madone. Et ne t'imagine pas que le
mari se retint de venir, quoique la maman lui
eût si bien lavé la tête ; il se jeta à ses pieds et
ne pouvant dire le *miserere*, à cause du torrent
de larmes qui lui coulait des yeux, il étendait
les bras en croix et faisait le stigmatisé. Elle le
baisa, le releva, et racontant la manière dont
elle avait vécu dans le puits, leur donna à entendre que la sœur de la sibylle de Norcie et la

tante de la fée Morgane y habitaient; elle en
fit venir l'eau à la bouche d'une foule de gens
qui eurent bonne envie de s'y jeter. Mais que
veux-tu que je te dise de plus? Ce puits devint
en si grande vénération, qu'on mit dessus une
grille de fer; toutes les femmes que leurs maris
battaient venaient boire de son eau; et il leur
semblait que cela ne leur faisait pas peu de
bien. Bientôt celles qui allaient se marier se
mirent à se vouer à lui; elles venaient prier la
fée au puits de leur dire leur bonne aventure.
En une seule année, il y fut déposé plus de
chandelles, de hardes, de camisoles et de ta-
bleautins qu'au tombeau de la bienheureuse
sainte Magdeleine-de-l'huile, à Bologne.

ANTONIA. – Voilà bien une autre folie.

NANNA. – N'en dis pas de mal, tu serais ex-
communiée; je ne sais quel cardinal quête en
ce moment de l'argent pour la faire canoniser.
Ce qu'il y a de sûr, c'est qu'elle faisait la paire
avec ce moine qui purifiait le peuple de la
bienheureuse Guastalla.

ANTONIA. – Qu'elle la fasse pendant cent bonnes années.

NANNA. – Pour ne pas te traîner en longueur, j'abrégerai le chapitre des femmes mariées. Mais je veux encore t'en conter d'une, qui ayant le plus gentil mari du monde, vint à s'éprendre d'un de ces gens qui font de leur individu une boutique, avec leurs marchandises en avant, soutenue au cou par une bretelle, et s'en vont criant : « Les beaux ferrets, les aiguilles, les épingles, les jolis dés, miroirs, miroirs, peignes, ciseaux ! » toujours en marché avec telle ou telle commère, échangeant des huiles, des savons, de fausses muscades contre un morceau de pain, des chiffons, de vieilles savates, pourvu qu'on leur donne quelques sous de retour. Elle s'en assoiffa si violemment que, jetant son honneur sous ses pieds, elle lui donna toute une fortune. Le bien envitaillé, laissant là ses guenilles, s'habilla en paladin et se mit à jouer avec les hauts personnages ; en huit jours, on lui donnait du monseigneur, et il méritait une couronne.

ANTONIA. – Pourquoi ?

NANNA. – Parce qu'il traitait sa trésorière
comme on traite une salope, et outre qu'il la
caressait souvent avec le bâton, tout ce qu'il
lui faisait, il allait le proclamer par les rues.

ANTONIA. – Fort bien.

NANNA. – Mais ce ne sont que vétilles, les his-
toires que je t'ai contées ; les choses stupéfian-
tes, c'est chez les grandes dames, chez les
grands seigneurs qu'elles se passent, et si je
ne craignais pas d'être tenue pour une mauvaise langue, je te dirais celle qui s'abandonne
à l'intendant, à l'estafier, au valet d'écurie, au
maître queux, au marmiton.

ANTONIA. – Des pantoufles ! des pantoufles !

NANNA. – Suffit ; crois-moi si tu veux.

ANTONIA. – Des pantoufles, te dis-je.

NANNA. – Allons, c'est bien ; tu m'as entendue, Antonia.

ANTONIA. – On ne peut plus entendue.

NANNA. – Mais prends-y bien garde ; je ne t'ai conté des religieuses que ce que j'en avais vu en peu de jours dans un seul couvent, et, pour les femmes mariées, qu'une faible partie de ce que j'ai vu ou appris en aussi peu de temps, et dans une seule ville. Songe ce que ce serait, de te conter les agissements de toutes les sœurs de la chrétienté et ceux des femmes mariées de toutes les villes du monde !

ANTONIA. – Est-il possible qu'il en soit des bonnes comme de la monnaie : prudence et confiance, ainsi que tu le disais ?

NANNA. – Oui.

ANTONIA. – Même des sœurs qui observent la règle ?

NANNA. – Je ne parle pas de celles-là ; bien mieux, je te l'affirme, les prières qu'elles disent pour les mauvaises religieuses sont cause que le démon n'engloutit pas celles-ci, toutes chaussées et vêtues. Leur virginité est aussi odoriférante qu'est de mauvaise odeur le putanisme des autres. Messire le Bon Dieu est avec elles de jour et de nuit, comme le diable est avec les autres, qu'elles veillent ou dorment. Malheur à nous si elles venaient à cesser, les prières de ces saintes filles ! oui, malheur à nous ! malheur à nous ! je veux le dire trois fois. En vérité, ces quelques bonnes sœurs, parmi tant de cloîtrées, sont si parfaites qu'elles mériteraient que nous leur brûlassions les pieds, comme au bienheureux Tison.

ANTONIA. – Tu es équitable, et parles sans animosité.

NANNA. – Parmi les femmes mariées aussi il y en a de vertueuses, qui se laisseraient plutôt écorcher comme saint Barthélemy que de se laisser toucher le doigt.

ANTONIA. – Voilà qui me plaît bien encore. Si tu considères le besoin dans lequel nous naissons, nous autres pauvres femmes, force est bien que nous en passions par où les autres veulent, et nous ne sommes pas si dépravées qu'on le croit.

NANNA. – Tu n'y entends rien. Nous naissons

de chair, te dis-je, et nous mourons de chair :
la queue nous fait, et la queue nous défait.
Que tu sois dans l'erreur, je te le démontre
par l'exemple des grandes dames, qui ont des
perles, des chaînes, des bagues à jeter dans la
rue, et par celui des mendiantes elles-mêmes,
qui aimeraient mieux trouver Maria sur le chemin de Ravenne qu'un diamant à facettes.
Pour une à qui son mari plaît, il y en a mille
qui rebutent le leur, et il est clair que pour
deux personnes qui cuisent le pain chez elles,
il y en a sept cents qui préfèrent celui du boulanger, parce qu'il est plus blanc.

ANTONIA. – Je te la donne gagnée.

NANNA. – Et je l'accepte. Résumons-nous. La
chasteté féminine est semblable à une carafe
de cristal : tu as beau prendre toutes les pré-
cautions, un beau jour que tu n'es pas sur tes
gardes, elle t'échappe des mains et se casse en
mille morceaux ; impossible de la conserver in-
tacte à moins de la tenir toujours sous clef,
dans le buffet. La femme qui se conserve
pure, on peut crier au miracle, comme d'une
coupe de verre qui tomberait sans se briser.

ANTONIA. – Judicieuse comparaison.

NANNA. – Arrivons à la conclusion. La vie des
femmes mariées une fois bien vue et bien
connue de moi, pour ne pas être au-dessous
des autres, je me mis à me passer toutes mes
fantaisies; des portefaix aux grands seigneurs,
je voulus les essayer tous, les frocards, la prê-
traille et la moinaille principalement. Mon
grand plaisir, c'était que monsieur mon époux
non seulement le sût, mais le vît; et il me semblait que partout on disait de moi: Une telle
fait bien; elle le traite comme il le mérite.
Une fois entre autres, qu'il voulut me répri-
mander, je lui sautai dessus et le plumai de la
belle façon, plus arrogante que si je lui avais
apporté en dot une montagne d'or, en lui
criant: «A qui crois-tu donc parler, hein? ba-
vard! ivrogne!» Je le poursuivis et lui en fis
tant que, sortant de son trot ordinaire, il
monta sur ses grands chevaux.

ANTONIA. – Ne sais-tu pas qu'on dit, Nanna,
que pour rendre un homme brave il n'y a qu'à
lui dire des sottises?

NANNA. – Je le rendis donc brave par le moyen que tu dis; mais après qu'il en eut vu plus de mille de ses yeux, à force d'en avaler, comme on avale une bouchée trop chaude, qui semble bien mauvaise, un beau jour il me trouva sur le corps un mendie-son-pain, et celle-là ne put passer; il se jeta sur ma figure, pour me la démolir à coups de poings. Je m'esquivai de dessous le pressoir, dégainai un petit couteau que j'avais, et furieuse de me voir troubler l'eau que j'étais en train de boire, je le lui enfonçai sous la mamelle gauche: son pouls ne battit pas longtemps.

ANTONIA. – Dieu lui pardonne !

NANNA. – Ma mère avait tout entendu; elle me fit échapper et m'amena ici, à Rome. Ce qui résulta de m'avoir amenée ici, tu le sauras demain; aujourd'hui, je ne veux pas t'en dire plus long. Levons le siège et allons-nous-en; d'avoir tant bavardé, je n'ai pas seulement soif, j'ai une faim que je la vois d'ici.

ANTONIA. – Me voici debout. Aïe ! La crampe m'a empoigné le pied droit.

NANNA. – Fais une croix dessus avec ta salive, elle s'en ira.

ANTONIA. – Je l'ai faite.

NANNA. – Ça va-t-il mieux?

ANTONIA. – Oui; ça s'en va, ça s'est en allé.

NANNA. – Regagnons donc tout doucement, tout doucement la maison; ce soir et demain soir, tu resteras avec moi.

ANTONIA. – C'est une obligation que je mettrai avec les autres.

Ces paroles dites, la Nanna ferma la porte de la vigne et elles rentrèrent à la maison sans autrement discourir. Elles arrivèrent juste au moment où le soleil mettait ses bottes pour courir en poste aux antipodes, qui l'attendaient comme des poussins engourdis; les cigales, rendues muettes par son départ, cédaient leurs rôles aux grillons et restaient immobiles; le jour ressemblait à un négociant tombé en faillite, qui guigne de l'œil une église, pour se jeter dedans. Déjà les chats-huants et les chauves-souris, ces perroquets

des ténèbres, allaient au-devant de la nuit : les
yeux bandés, sans dire un mot, grave, mélancolique et pleine de rêveries, elle s'en venait de
l'air d'une matrone veuve qui, toute encapu-
chonnée de noir, soupire après son mari mort
le mois d'avant. Celle qui fait délirer les astro-
logues, s'avançait démasquée sur la scène, un
bout de linceul autour de la figure ; les étoiles,
qui restent ou ne restent pas en place, avec
leurs mauvaises ou leurs bonnes compagnes,
toutes dorées au feu, de la main de maître
Apollon, orfèvre, mettaient le nez à la fenêtre,
par une, par deux, par trois, par quatre, par
cinquante, par cent, par mille : on aurait dit
des roses qui, au lever du jour, s'ouvrent une
à une, puis, lorsque l'avocat des poètes darde
son rayon viennent toutes ensemble se faire
voir. Moi, je les aurais plutôt comparées à
une armée en campagne qui prend ses logis :
les soldats s'en viennent par dix, par vingt,
puis voici en un instant leur multitude répan-
due par toutes les maisons, mais cette comparaison n'aurait peut-être pas plu ; sans rosettes,
sans violettes et sans herbettes on ne trouve
bon aucun ragoût aujourd'hui. A cette heure,
quoi qu'il en soit, la Nanna et l'Antonia, arri-

vées où elles voulaient arriver et ayant fait ce qu'elles avaient à faire, allèrent se coucher jusqu'au jour.

NOTE

La Vie des femmes mariées constitue la deuxième journée de la première partie des *Ragionamenti* de l'Arétin. Ceux-ci se décomposent comme suit : Dédicace de Pierre Arétin à son sapajou. Première partie : I. La vie des nonnes. II. La vie des femmes mariées. III. La vie des courtisanes. Seconde partie : Dédicace au seigneur Bernard Valdaura. I. L'éducation de la Pipa. II. Les roueries des hommes. III. La ruffianerie.

Les dialogues de l'Arétin ont été imprimés ensemble et séparément. La première édition complète a paru après la mort de l'auteur, en 1584. Nous avons utilisé la traduction d'Alcide Bonneau, publiée en 1882 chez Isidore Liseux et republiée avec quelques corrections à Paris, au Cercle du livre précieux, en 1959.

Pierre Arétin
La Vie des nonnes
La Vie des femmes mariées

Michel Bounan
Incitation à l'autodéfense

Astolphe de Custine
Résumé du voyage en Russie en 1839

Etienne-Jean Delécluze
Le Mécanicien roi

Joseph Gabel
Mensonge et maladie mentale

Alexandre Koyré
Réflexions sur le mensonge

Walter Savage Landor
Conversation imaginaire entre Diogène et Platon

Valery Larbaud
Lettre d'Italie

Giacomo Leopardi
Pensées

Kazimir Malevitch
La Paresse comme vérité effective de l'homme

Karl Marx
Le Caractère fétiche de la marchandise et son secret

Lorenzino de Médicis
Apologie

Clément Pansaers
L'Apologie de la paresse

CET OUVRAGE A ÉTÉ COMPOSÉ
PAR LE VENT SE LÈVE...
ET ACHEVÉ D'IMPRIMER EN FÉVRIER 1996
SUR LES PRESSES DE LA SAGIM
À COURTRY
POUR LE COMPTE DES ÉDITIONS ALLIA.

ISBN : 2-911188-10-1
DÉPÔT LÉGAL : FÉVRIER 1996
N° D'IMPRESSION : 1310